山本健吉　著

奥の細道

現代語訳・鑑賞

〈軽装版〉

飯塚書店

目次

「奥の細道」現代語訳・鑑賞

「奥の細道」現代語訳・鑑賞

日光路

江戸深川 —— 殺生石 芦野

序

〔原文〕 月日《つきひ》は百代《はくたい》の過客《くわかく》にして、行《ゆき》かふ年も又旅人《たびびと》也。舟の上に生涯をうかべ、馬の口とらえ《（へ）》て老《おい》をむかふる物は、日々《ひゞ》旅にして旅を栖《すみか》とす。古人も多く旅に死せるあり。予もいづれの年よりか、片雲《へんうん》の風《かぜ》にさそはれて、漂泊《へうはく》の思ひやまず、海濱《かいひん》にさすらへ、去年《こぞ》の秋、江上《かうじやう》の破屋《はをく》に蜘《くも》の古巣をはらひて、やゝ年も暮《くれ》、春立《たて》る霞の空に白川の関こえんと、そゞろ神《がみ》の物につきて心をくるはせ、道祖神《だうそじん》のまねきにあひて取《とる》もの手につかず、もゝ引《ひき》の破《やぶれ》をつゞり笠の緒付《をつけ》かえ《（へ）》て、三里《さんり》に灸《きう》すゆ《（う）》るより、松嶋の月先《まづ》心にかゝりて、住《すめ》る方《かた》は人に譲り杉風《さんぷう》が別墅《べつしよ》に移るに、

草の戸も住替《すみかは》る代《よ》ぞひなの家

面《おもて》八句を庵《いほり》の柱に懸置《かけおく》。

〔訳〕月日は永遠の旅客、往《い》き交《か》う年もまた、旅人である。舟の上に生涯を送る舟子も、馬のくつわを取って老を迎える馬子《まご》も、その日その日が旅であり、旅を栖《すみか》としている。古人も旅に死んだ者が多い。私もまた何時《いつ》の年からか、ちぎれ雲のように風にまかせて歩く漂泊の思いが止まず、先年は海浜《かいひん》地方をさすらい歩いたりした。去年の秋、隅田川ほとりの破れ小屋に帰り、蜘蛛の古巣を払ってしばらく落着いた。ようやく年も暮れ、春になって霞の立つ白河の関を越えようと、わけもなく神に取り憑《つ》かれてもの狂おしく、道祖神の招きを受けているようで落着いて何も手に着かない。そこで股引《ももひき》の破れをつくろい、笠の紐をつけかえて、三里（膝頭《ひざがしら》の下の外がわ）に灸をすえたりなど、旅支度にかかっているうちに、松島の月は如何《いかが》かとまず気にかかって、住む庵は人に譲り、杉風《さんぷう》の別荘に移ったので、

草の戸も住替はる代ぞ雛の家

（住み棄《す》てた草庵も、新しい住人の住居となって、折しも桃の節供のころとて、私のような隠遁者と違い、はなやかに雛を飾る家になっていることだろうよ。）

この句を発句にした表八句を作り、庵の柱に懸けておいた。

〔鑑賞〕 奥の細道への旅心がきざしてくると、芭蕉はもう居ても立ってもいられなかった。「そぞろ神の物につきて心をくるはせ、道祖神のまねきにあひて取《とる》もの手につかず」と書いているが、旅立ちの時のもの狂おしい気持を述べるのは、風狂人である芭蕉には常のことであった。

栖はどうせ仮の栖で、何の執着もない。せっかく門弟たちが作ってくれた深川の草庵も、はやばやと知る人に譲って、自身は杉風の別荘採茶庵《さいたあん》に身を寄せながら、近所に住む曾良と旅の準備を整える。

草 庵 に 暫《しばら》 く 居 て は 打 や ぶ り　（猿蓑）

とは、西行らしい面影の付句だが、それはまた一所不住を念とする芭蕉の心構えでもあった。「草の戸も」の句は『一葉集』や『世中百韻』に、次のような前書づきで出ている。「はるけき旅の空思ひやるにも、いさゝかも心にさはらん、ものむつかしければ、日比《ひごろ》住ける庵を相知れる人に譲りて出でぬ。この人なむ妻を具し、娘・孫など持てる人なりければ」――そして

草 の 戸 も す み か は る よ や 雛 の 家

とあるのは、初案であろう。

この句を発句とした表八句（百韻の懐紙第一葉の表には八句を書く。三十六句の歌仙では、表六句だが、通常折返しの二句目まで表とみなされ、これはそのつもりでの八句であろう）を、譲った草庵の柱に掛けておいたというのは、これが新しい主《あるじ》への挨拶句であることを示している。草の戸も、自分のよう

な隠者から、妻・娘・孫なども具した賑やかな一家に変り、雛など飾られて、急に色めいた様子に見える、と言った。こんな小さな草庵にも、時節に遭《あ》っての身の栄えは訪れて来ることもあるのだ、といった感慨を含んでいよう。これが芭蕉の、新しい一家へのささやかな祝福の言葉だった。

出立

〔原文〕弥生《やよひ》も末《すゑ》の七日《なぬか》、明《あけ》ぼのゝ空朧々《ろう〳〵》として、月は在明《ありあけ》にて光お《(を)》さまれる物から、不二《ふじ》の峯《みね》幽《かすか》にみえて、上野《うへの》谷中《やなか》の花の梢《こずゑ》又いつかはと心ぼそし。むつましきかぎりは宵《よひ》よりつどひて、舟に乗《のり》て送る。千じゆ《(住)》と云《いふ》所にて船をあがれば、前途三千里のおもひ胸にふさがりて、幻《まぼろし》のちまたに離《り》別《べつ》の泪《なみだ》をそゝく。

行《ゆく》春や鳥啼《なき》魚《うを》の目は泪《なみだ》

是《これ》を矢立《やたて》の初《はじめ》として、行《ゆく》道なを《(ほ)》すゝまず。人々は途中に立《たち》ならびて、後《うしろ》かげのみゆる迄はと見送《おくる》なるべし。

〔訳〕　三月も末の二十七日、曙の空はおぼろに霞み、月は有明月で、光はもう薄れているとはいうものの、富士の嶺がかすかに見えて、上野谷中《やなか》の花の梢は、また何時《いつ》逢い見ることかと心細い。親しい人たちは前夜から集まって、深川から舟に乗って送ってくれる。千住というところで舟からあがると、前途三千里の思いに胸が一杯になり、この幻の世の別れ道に泪《なみだ》をこぼした。

行春や鳥啼き魚の目は泪

（春の行く季節に、自分も遠く旅立って行く。行く人も送る人も、離別の悲しさはひとしおだが、行く春の悲しさに、無心の鳥も啼き、魚も目に泪しているようである。）

これを矢立の書初めとして、歩き出したが後髪が引かれる思いだ。人々は途中に立ち並んで、私たちの後影の見えるかぎりはと見送ろうとするらしい。

〔鑑賞〕　芭蕉が門人曾良を連れて、奥の細道の旅へ出立したのは、元禄二年（一六八九）三月二十七日のことだった。陽暦でいうと、五月十六日に当たったから、もう初夏らしい日ざしが青葉若葉に照りはえていた。深川から船に乗って、午前十一時ごろ千住《せんじゅ》にあがった。いまの千住大橋の下手のところらしい。

千住は奥羽街道の第一の宿場で、道の左右には旅亭や商家が軒を並べ、旅人の往来が絶えなかった。毎朝、近郷の人たちがやってきて、五穀や野菜や川魚などの市が立った。深川から送ってきた親しい人たちとは、ここで別れるのである。

前途何千里の思いが胸にふさがって、「幻のちまた」に離別の涙をそそいだと、書いている。いまの旅行とちがって、たいへんな決意ででかけたのである。このとき作った人々への留別の句が、「行春や」の句である。

時はちょうど弥生の終わりであるから、惜春の感じを詠んでいる。それに、もちろん惜別の情が重なっている。「鳥啼き魚の目は泪」というのは、激しい表現である。魚鳥は、このとき目にし、耳にしたのだろう。

魚は千住の魚市で見たのだろうと、むかしから説があり、滝井孝作氏は、舟でくるとき隅田川で見たのだろうといっている。この句のイメージとしては、生きた魚鳥でなければなるまい。だが、この句の魚鳥は、同時に象徴的な芭蕉の脳裏の風景でもある。

行く春の別れには、花も涙をそそぎ、鳥も心を驚かすと、杜甫は詩にうたっている。また、崇徳院の歌に「花は根に鳥は古巣に帰るなり」というのがある。この歌は『大菩薩峠』でも、間《あい》の山のお玉によって繰り返し哀愁ふかく歌われる。こういう詩や歌をもとにして、芭蕉はこの惜春の句を作ったというのではない。だが、そういう伝統的な発想が、まったくなかったとも言いきれない。あるいはまた、動物たちが啼泣《ていきゅう》している釈尊涅槃《ねはん》図も、芭蕉の意識にあったかも知れない。

だが、とにかく、この句のリズムの波の起伏はすばらしい。一句の地色も、またすこぶる濃淡の変化に富んでいる。

草加　室の八島

〔原文〕　ことし元禄二《ふた》とせにや、奥羽長途《あううちやうど》の行脚《あんぎや》只かりそめに思ひたちて、呉天《ごてん》に白髪《はくはつ》の恨《うらみ》を重《かさ》ぬといへ共《ども》、耳にふれていまだめに見ぬさかひ、若生《もしいき》て歸らばと定《さだめ》なき頼《たのみ》の末をかけ、其日《その》漸《やう〳〵》早加《さうか》と云宿《いふしゆく》にたどり着《つき》にけり。痩骨《そうこつ》の肩にかゝれる物先《まづ》くるしむ。只身すがらにと出立侍《いでたちはべる》を、帋子《かみこ》一衣《いちえ》は夜《よる》の防ぎ、ゆかた・雨具《あまぐ》・墨筆《すみふで》のたぐひ、あるはさりがたき餞《はなむけ》などしたるは、さすがに打捨《うちすて》がたくて路次《ろし》の煩《わづらひ》となれるこそわりなけれ。

室《むろ》の八嶋《やしま》に詣《けい》す。同行曾良《どうぎやうそら》が曰《いはく》、「此《この》神は木《こ》の花《はな》さくや姫の神と申《まうし》て冨士一躰《いつたい》也。無戸室《うつむろ》に入《いり》て焼《やき》給ふちかひのみ中《なか》に、火々出見《ほゝでみ》のみこと生《うま》れ給ひしより室の八嶋と申《まうす》。又煙を讀習《よみならは》し侍《はべる》もこの謂《いはれ》也。」将《はた》このしろといふ魚を禁ず縁《えん》記《(起)》の旨《むね》世に傳《つた》ふ事も侍《はべり》し。

卅日《みそか》、日光山の梺《ふもと》に泊る。あるじの云《いひ》けるやう、「我名《わが》を佛《ほとけ》五左衛門と云《いふ》。萬《よろづ》正直を旨《むね》とする故に、人かくは申侍《まうしはべる》まゝ、一夜《いちや》の草の枕も打解《うちとけ》て休み給へ」と云《いふ》。いかなる仏の濁世塵土《ぢよくせちんど》に示現《じげん》して、かゝる桑門《さうもん》の乞食順礼《こつじきじゆんれい》ごときの人をたすけ給ふにやと、あるじのなす事に心をとゞめてみるに、唯無智無分別《たゞむちむふんべつ》にして正直偏固《へんこ》の者也。剛毅木訥《がうきぼくとつ》の仁《じん》に近きたぐひ、氣稟《きひん》の清質《せいしつ》尤《もつとも》尊ぶべし。

〔訳〕今年はたしか元禄二年、奥羽をさしての長行脚をふと思い立って、呉天の旅に白髪と化してしまうような苦しみを重ねるのは当然のことだが、耳には聞いてまだ眼に見ぬあたりを実地に見て、もし生きて帰ることもあったらと、はかない望みを将来にかけて、その日はようよう草加という宿《しゆく》にたどり着いた。痩骨の肩にのせた荷物がまず私を苦しめた。ただ体一つと出《い》で立ったはずなのに、紙子一枚は夜の寒さを防ぐ料、浴衣・雨具・墨筆のたぐい、あるいはまたいなみがたい餞別の品など贈られたものは、さすがに打捨てがたくて、道中の煩《わずら》いとなったのは仕方のないことだった。

室《むろ》の八島《やしま》に詣《もう》でた。同行の曾良が言うよう、「この神は木花開耶姫《このはなさくやひめ》の神と言って、富士の浅間《せんげん》神社と一体でございます。この神が出入口を塞《ふさ》いだ産室に入って、身を焼いて誓われたそのさ中に火々出見尊《ほほでみのみこと》がお生れになったので、室の八島と申します。またこの歌枕では煙を詠む約束になっているのもそのためです。またこのしろという魚を食うことを禁ずるこの社の縁起を、世に伝えてもおります」

三十日、日光山の麓に泊った。その宿のあるじが申すには、「私の名は仏五左衛門《ほとけのござえもん》と申します。万事、正直を旨としておりますゆえ、人はさように申していますので、御懸念なく、ゆっくり今夜はおやすみ下さい」と言う。何という仏がこの濁った現世に姿を現して、こんな僧体の乞食巡礼のような者を助けられるのかと、あるじの振舞に気をつけて見ると、ただひたすら無知・無分別で、正直一点張りの男である。論語に言う剛毅木訥《ぼくとつ》で仁に近いといった性質で、生来の清らかさはもっとも尊ぶべきである。

〔鑑賞〕　室の八島は下野国都賀郡《しもつけのくにつが》国府《こう》村大字総社《そうじゃ》にある室の大神《おおみわ》神社。中世以来室の八島といって歌枕となった。

いかでかは思ひありとも知らすべき室の八島の煙ならでは　藤原実方（詞花集）

煙かと室の八島を見しほどにやがても空のかすみぬるかも　源俊頼（千載集）

その他煙を詠んだ歌が数多い。野中に清水があって、その水気がたちのぼって煙のように見えるので、ここではもっぱら煙を詠むならいになった。

日光

〔原文〕　卯月朔日《うづきついたち》、御山《おやま》に詣拝《けいはい》す。往昔此《そのかみこの》御山を二荒山と書《かき》しを、空海大師開基《くうかいだいしかいき》の時日光と改《あらため》給ふ。千歳《せんざい》未來をさとり給ふにや、今此御光《このみひかり》一天にかゝやきて、恩沢八荒《おんだくはつくわう》にあふれ、四民安堵《しみんあんど》の栖《すみか》穏《おだやか》なり。猶憚《はゞかり》多くて筆をさし置《おき》ぬ。

あらたう(ふ)と青葉若葉の日の光

黒髪山《くろかみやま》は霞かゝりて、雪いまだ白し。

剃捨《そりすて》て黒髪山に衣更《ころもがへ》　曾良

曾良は河合氏《かはひうぢ》にして、惣五郎《そうごらう》と云へり。芭蕉の下葉《したば》に軒をならべて、予が薪水《しんすゐ》の労をたすく。このたび松しま・象潟《きさかた》の眺《ながめ》共にせん事を悦び、且《かつ》は羈旅《きりよ》の難をいたはらんと、旅立暁《たびだつあかつき》髪を剃《そり》て墨染《すみぞめ》にさまをかえ(へ)、惣五を改《あらため》て宗悟《そうご》とす。仍《よつ》て墨(黒)髪山の句有《あり》。衣更の二字力ありてきこゆ。

廿餘丁山を登つて瀧有《あり》。岩洞《がんとう》の頂《いたゞき》より飛流して百尺、千岩の碧潭《へきたん》に落《おち》たり。岩窟《がんくつ》に身をひそめ入《いり》て滝の裏よりみれば、うらみの瀧と申傳《まうしつた》え(へ)侍る也。

暫時《しばらく》は瀧に籠《こも》るや夏《げ》の初《はじめ》

〔訳〕　四月朔日《ついたち》、お山に参詣した。その昔このお山を二荒山《にこうさん》と書いたのを、空海大師が開基されたとき、日光と改められた。千年の未来を予見なさったのか、今このお山の光は一天にかがやいて、その恩沢《おんたく》は八方にあふれ、すべての民が安穏な生活を送り、おだやかに治まっている。なおこのお山については、多言は恐れ多いので筆をとどめた。

あらたふと青葉若葉の日の光

（何と尊く感じられることか。この日光山の青葉若葉にかがやく日の光は。）

黒髪山は霞がかって、雪がまだ白く残っている。

剃捨てて黒髪山に衣更《ころもがへ》　曾良

（出立の前、黒髪を剃捨て、墨染の衣にかえたが、この黒髪山まで来たとき、四月朔日の衣更の日になり、新衣に更えた、あのときのことが思いかえされることだ。）

曾良は河合氏で、惣五郎という。深川の芭蕉庵のほとりに軒を並べて、私の炊事洗濯などの仕事を助けてくれた。今度一緒に松島・象潟《きさかた》の見物ができることを悦《よろこ》び、また私の旅中の辛労をいたわろうと、出立の早朝、髪を剃って墨染にさまを変え、名も惣五を宗悟と改めた。そういう次第で、この黒髪山の句があるのだ。衣更の二字が力強くきこえる。
二十余町山を登って行くと滝がある。岩ほらの頂から一気に百尺を飛び下って、重なる岩のあいだの蒼々《あおあお》とした滝壺に落ちている。岩窟に身をひそめてはいり、滝の裏がわから見るので、裏《うら》見《み》の滝と言い伝えている。

暫時《しばらく》は滝に籠るや夏《げ》の初《はじめ》

（しばらく滝の岩窟の中にあって、清浄な気持にひたるのも、百日間の夏籠《げごも》りの初めといったところだ。）

〔鑑賞〕芭蕉は、三月二十九日に鹿沼《かぬま》に泊まり、翌四月一日に、日光へ参詣した。前夜からの小雨は、十二時ごろ東照宮へついたときはやんでいた。その夜は日光の宿に泊まった。翌日は天気快晴で、裏見の滝や含満《がんまん》ヶ淵を見てまわった。男体山《なんたい》（黒髪山）にはかすみがかかって、雪がまだ白かった。
「あらたふと」の句は、最初、

あなたふと木の下暗《やみ》も日の光

という形だった。木の下やみまでも、〝日光大権現〟の恩沢がとどくという意味が、これでは露骨にすぎる。「日の光」というのは、太陽の光であると同時に、日光の地名をきかせているのだ。

徳川の時代なのだから、「日の光」に〝日光大権現〟の神徳の意味をこめていることは、否定できない。だが、それだけだったらつまらない句だ。

『奥の細道』には、開山の空海大師が、日光の字をあてたことを書いている。空海というのはあやまりだが、芭蕉は土地の伝説にしたがったのだろうし、含満ヶ淵は空海にちなんだ名所でもあるのだ。

だから、芭蕉が「あらたふと」といったとき、その対象は東照宮だけでなく、空海以来の歴史をもつお山ぜんたいなのである。芭蕉が日光という地名にこめた広がりは、二荒《ふたら》山を中心にした、古い密教の霊地のぜんたいである。そう考えるのが、詩人の豊かな想像力にそったことになるだろう。もちろん、そのなかに東照宮の建築の荘厳さも含むだろう。芭蕉が土地の名を句のなかでいうときは、特別深い感慨をこめているのだ。あまり詩人の志を低俗に受け取ることを、私はしたくない。

陽暦五月十九日（あるいは二十日）だから、山の青葉若葉は、目のさめるような濃淡模様を織りだしている。それに、前夜の雨はしたたるような山の緑を浮きたたせ、降りそそぐ日光に明るくきらめく。

わたしは「青葉若葉の日の光」というイメージは、曇り日だった東照宮参詣のときではなく、快晴だった裏見の滝見物のとき得たものだと思っている。最初の「木の下やみ」というのは、東照宮のときかもしれないが、翌日山へ登って、山ぜんたいが光りかがやくけしきの感動から、「青葉若葉」の詩句がでてきたのだと思っている。自然から直接に得た感動であり、あふれるような豊かな日光の乱舞を、この句から受け取るのである。

黒髪山は日光連山の主峰で、二千四百八十四メートル。私たちには男体山と言った方がなじみがある。黒髪山という名の山は外にもあるので、まぎれやすい。歌枕で、『細道』の本文には「黒髪山は霞か丶りて、雪いまだ白し」とあるが、黒と白との対比の面白さから、雪がよく詠《よ》まれる。

うばたまのくろかみ山の頂に雪もつもらば白髪とや見む　隆　源（堀河百首）

麓から山頂まで勾配が険しく、全山密林で、大仏次郎氏の言葉を借りれば、樹木が「厚着」している。半腹以下は雑林が茂っているが、以上は栂《つが》の密林で、樹木が黒いので、これを五合目の黒木界という（吉田東伍『大日本地名辞書』）。芭蕉や曾良にとって、常緑針葉樹林に覆《おお》われたこの山は、前日の雨を含んで、その名の通りくろぐろとした印象であったろう。

曾良について芭蕉は、「旅立つ暁髪を剃りて墨染にさまをかへ」云々と書いている。剃髪は実は前年の暮だというが、そのころから芭蕉との間に一緒に奥へ旅立つ話は交わされていたと思われる。旅が彼の発心のきっかけだったのなら、「旅立つ暁髪を剃りて」もまんざらの嘘とは言えまい。事実はいくらか齟齬しても、発心の決意を簡潔に言い取ろうとしたまでである。一所不住の行脚には、出家の姿が適当であった。

黒髪山を前にして、曾良は剃り捨てた自分の黒髪を思った。その境涯の変化を思い、それはちょうど春夏交替の季節であり、その衣更の時期に、墨染に衣を更えたと戯れているのだ。芭蕉は「衣更の二字力ありてきこゆ」と讃《ほ》めている。日光着を実際より一日早め、小の月だから実際はないはずの三月三十日にし、翌日の御山詣拝《けいはい》を卯月朔日のことのように書いたのは、曾良のこの句が、衣更の句だったからである。

日光の滝と言えば、今なら誰でもまず華厳滝を訪れるが、芭蕉は華厳滝も中禅寺湖も訪れていない。日光山七十二瀑布のうち、華厳・霧降《きりふり》・裏見を三滝という。裏見滝は籠堂《こもりどう》から滝の裏をくぐって行き、向うへ廻って正面へ出て眺めるので、裏見というのだが、明治三十五年の風水害で滝口の岩が欠け、通りにくくなった。

芭蕉は四月二日、天気快晴で、辰《たつ》の中刻《ちゅうこく》（午前八時過）、日光上鉢石町の仏五左衛門の宿を出て、一里ほど西北の裏見滝や含満ヶ淵を見て廻った。久次良《くじら》の大日堂から山路へかかって西北へ二十町ばかり行き、岩の間を渉《わた》って滝の傍《かたわら》に出る。不動の石像があって、その脇に籠堂がある。

芭蕉はここに籠ったわけではないが、「暫時は滝に籠るや」と言った。細道の行脚を、夏行《げぎょう》のように見立てたのか。陰暦四月十六日から七月十五日までの九十日間、仏家で一室に籠って修行する行事を、安居《あんご》・夏籠《げごもり》・夏行《げぎょう》という。その夏行の始めに、しばらくこの滝に籠ったという意味である。

裏見滝では外に芭蕉は、

郭公《ほととぎす》うらみの滝のうらおもて

うら見せて涼しき滝の心哉

などと作っている。

那須

〔原文〕那須《なす》の黒ばねと云《いふ》所に知人《しるひと》あれば、是より野越《のごえ》にかゝりて直道《すぐみち》をゆかんとす。遙《はるか》に一村《いつそん》を見かけて行《ゆく》に雨降《ふり》日暮《くる》る。農夫の家に一夜をかりて、明《あく》れば又野中《のなか》を行《ゆく》。そこに野飼《のがひ》の馬あり。草《くさ》刈《かる》お《(を)》のこになげきよれば、野夫《やぶ》といへどもさすがに情《なさけ》しらぬには非《あら》ず、「いかゞすべきや、されども此《この》野は縦横《じゆうわう》にわかれて、うゐ《(ひ)》〳〵敷《しき》旅人の道ふみたがえ《(へ)》ん、あやしう侍れば、此《この》馬のとゞまる所にて馬を返し給へ」とかし侍《はべり》ぬ。ちい《(ひ)》さき者ふたり馬の跡したひてはしる。独《ひとり》は小姫《こひめ》にて名をかさねと云《いふ》。聞《きゝ》なれぬ名のやさしかりければ、

かさねとは八重《やへ》撫子《なでしこ》の名成《なる》べし　曾良

頓《やが》て人里《ひとざと》に至れば、あたひを鞍《くら》つぼに結付《むすびつけ》て馬を返しぬ。

〔訳〕那須の黒羽《くろばね》というところに知人があるので、ここから野越《のごえ》にかかって、一直線に近道を取った。はるかに村を見かけて行くうちに、雨が降り出し日が暮れた。農家に一夜の宿を借り、翌朝はまた野中の道を歩いた。すると野飼《のがい》の馬が目についた。近くの草刈る男に頼みこむと、田夫《でんぶ》野人《やじん》といえどもさすがに情を知らないわけではない。「はてどうしたらよいかな。だけどこの野は道がやたらに分れていて、馴れない旅の方は道を間違えてしまうだろう。心配だから、この馬が歩みを止めたところで馬を返して下さい」と言って貸してくれた。小さい子供が二人、馬のあとについて走って来た。ひとりは小娘で、名を聞くとかさねと言う。こんな田舎に聞き馴れない名前で、優しく聞えたので、

かさねとは八重撫子《なでしこ》の名なるべし　曾良

（かさねとは、鄙《ひな》には珍しい優雅なまた可憐な名だが、これは八重撫子の名なのであろう。襲《かさね》の色目に撫子があり、その連想が働いている。）

やがて人里に着いたので、駄賃を鞍壺に結びつけて馬を返した。

〔鑑賞〕 四月二日は下野国《しもつけ》塩谷郡玉生村《たまにゅう》（いま塩谷町）に泊まり、三日、快晴、辰上刻《たつのじょうこく》（午前八時）に立って、鷹内・矢板・沢村・大田原を経て、黒羽（那須郡）へ向かう。ひろびろとした那須野を横切るわけで、「かさねとは」の句の出来た次第は「紀行」の本文に詳しい。芭蕉の紀行文に記す挿話は、興趣を盛り上げるための作為が往々にしてあるから、これもそのまま芭蕉の経験とするには当らない。韓非子の老馬の智、「管仲曰、老馬之智可《シト》レ用《フ》也。乃《チ》放《チテ》二老馬《ヲ》一而随《ヒ》レ之《ニ》遂《ニ》得レ道《ヲ》」に基づいて、謡曲『遊行柳』（後の「田一枚植て立去る柳かな」もこの曲による）に、「こなたへ入らせ給へとて、老いたる馬にはあらねども、道しるべ申すなり、急がせ給へ旅人」による作為という先人の説がある。馬がおのずから旅人を正しく導いてくれるというその自然の理に、芭蕉は感じ入ったのである。

それだけではない。芭蕉は老馬の智に加えて、小児の可憐を書き添える。馬を貸してくれた「草刈るおのこ」の子供二人が、馬のあとをどこまでも奔《はし》りながらついてくる。一人は小姫《こひめ》（小娘）で、名を聞けば「かさね」という。襲とは平安時代に、袍《ほう》の下に着た衣服で、下襲《したがさね》ともいった。重ねて着るので、表と裏の色の配色に妙をつくすことになる。撫子という襲の色目もある。表紅梅、裏青、あるいは表裏ともに紅ともいう。

撫子（常夏）は可憐な花で、小児によそえて歌に詠むことが多かった。その少女の名が「かさね」というのなら、さしずめ色目は八重撫子だろう、と言ったのである。

作者が八重撫子を寓目したというのではない。

この句だけでは、作られた事情が少しも分らず、独立性に乏《とぼ》しいという批評がある。だが、この句の作られた情況は、前文を補って分ればそれでよいのだ。ただし一句の情緒的完結性は、失われてはならないし、この句はこれで、かつがつそれを保持しているし、発句としての最低限の条件を充《みた》しているのである。

黒羽　雲巌寺

〔原文〕 黒羽の舘代《くわんだい》浄坊寺《じやうばうじ》何がしの方《かた》に音信《おとづ》る。思ひがけぬあるじの悦び、日夜語《にちやかたり》つゞけて、其《その》弟桃翠《たうすゐ》など云《いふ》が朝夕勤《つとめ》とぶらひ、自《みづから》の家にも伴《ともな》ひて、親属《しんぞく》の方《かた》にもまねかれ日をふるまゝに、ひとひ郊外に逍遙して犬追物《いぬおふもの》の跡を一見し、那須の篠原をわけて玉藻《たまも》の前《まへ》の古墳《こふん》をとふ。それより八幡宮に詣《まうづ》。与市《よいち》扇の的《まと》を射し時、別《べつ》しては我《わが》國氏神正《うぢがみしやう》八まんとちかひしも、此《この》神社にて侍《はべる》と聞《きけ》ば、感《かん》應殊《おうことに》しきりに覚えらる。暮《くる》れば桃翠宅に歸る。

修驗《しゆげん》光明寺と云有《いふあり》。そこにまねかれて行者堂《ぎやうじやだう》を拝す。

夏山に足《あし》駄《だ》を拝む首途《かどで》哉

當國雲岸寺《たうごくうんがんじ》のおくに佛頂和尚山居跡《ぶつちやうをしやうさんきよのあと》あり。

「竪横《たてよこ》の五尺にたらぬ草の庵《いほ》むすぶもくやし雨なかりせば

と松の炭して岩に書付《かきつけ》侍り」と、いつぞや聞え給ふ。其《その》跡みんと雲岸寺に杖を曳《ひけ》ば、人々すゝんで共にいざなひ、若き人おほく道のほど打《うち》さはぎて、おぼえず彼梺《かのふもと》に到る。山はおくあるけしきにて、谷道遙《たにみちはるか》に松杉黒く苔《こけ》したゞりて、卯月の天《てん》今猶《なほ》寒し。十景盡《つく》る所、橋をわたつて山門に入《いる》。

さて、かの跡はいづくのほどにやと、後《うしろ》の山によぢのぼれば、石上の小庵岩窟《がんくつ》にむすびかけたり。妙禪師《めうぜんじ》の死関《しくわん》、法雲《ほふうん》法師の石室《せきしつ》をみるがごとし。

木啄《きつゝき》も庵《いほ》はやぶらず夏木立《なつこだち》

と、とりあへぬ一句を柱に殘侍《のこしはべり》し。

〔訳〕 黒羽の館代、浄法寺《じようぼうじ》なにがし（原文は浄坊寺、正しくは浄法寺）の家を訪ねた。思いがけない訪問をあるじは悦んで、日夜語りつづけ、その弟の翠桃《すいとう》（原文は桃翠、正しくは翠桃）などという人が朝夕接待におとずれ、また自分の家にも伴い、親属の人たちにも招かれたりして日を経《へ》たのであったが、ある日郊外に逍遥して昔の犬追物《いぬおうもの》の跡を一見し、那須の篠原をおし分けて玉藻の前の古墳を訪ねた。それから八幡宮に参詣した。那須与一が扇の的を射たとき、弓矢八幡を心に祈念し、「わけても我が御国の氏神正八幡」と誓いを捧げたのも、この神社だと聞いたので、有難さがことにしきりに感ぜられた。暮れて翠桃の家に帰った。
修験《しゅげん》光明寺という寺がある。そこに招かれて行者堂を拝んだ。

夏山に足駄を拝む首途《かどで》かな

（行者堂に高足駄《あしだ》を履いている役《えん》の行者を拝んだ。夏山への首途に、かつて峰々を踏み破った行者にあやかりたいと、その高足駄を拝むことである。）

当国雲巌寺《うんがんじ》の奥に仏頂《ぶっちょう》和尚山居の跡がある。

竪横《たてよこ》の五尺に足らぬ草の庵《いお》むすぶもくやし雨なかりせば

（一所不住の覚悟から言えば、このわずかに五尺四方の草庵を結んでいるのも、口惜しいことだ。もし雨が降ることがなかったら、こんな庵もさっさと棄ててしまうのに。）

と、松の炭で岩に書きつけたと、何時ぞや和尚から便りを頂いていた。その跡を見ようと雲巌寺に杖を曳くと、人々もみずから進んで誘い合い、その中には若い人が多く道中もにぎやかで、おぼえず麓まで来てしまった。山は奥深いけしきで、谷道がはるかに続き、松杉が黒々として苔がうるおい、四月というのになお寒いばかりである。
十景が尽きるところ、橋を渡って山門に入った。
さて、山居の跡はどこだろうかと、後の山に攀《よ》じ登ると、岩の上に小さい庵が、岩窟に寄せかけて作ってある。あの妙禅師《みようぜんじ》の死関《しかん》や法雲《ほううん》法師の石室《いしむろ》を見る心地がする。

木《き》啄《つつき》も庵はやぶらず夏木立

（鬱蒼《うつそう》とした夏木立に囲まれた、この閑《しず》かな仏頂和尚の旧庵に、訪れるものは啄木鳥ばかりだが、その啄木鳥もさすがに庵をつついて破ることはしないらしく、そのままの昔の庵の姿を見せてくれる。）

と、即興の一句を書いて、柱に残してきた。

〔鑑賞〕 四月三日から十六日まで、下野国那須郡黒羽の城代家老浄法寺図書《ずしよ》高勝（号秋鴉《しゆうあ》また桃雪）の館と、そこから二十町ほど離れたその実弟岡忠浩豊明《おかただはるとよあきら》（号翠桃）家とで、手厚いもてなしを受けた。これほど長逗留したのは、芭蕉もよほど気分がよかったのである。

九日は浄法寺へ滞在中で、雨が降っていたが、即仏山光明寺へ招かれ、昼から夜五ツ（午後八時）過ぎまでいて帰った。図書の父高明《たかあきら》の次女が、津田光明寺源光に嫁《か》して、この寺にあった。修験道の寺で、開祖役《えん》の小角《おづぬ》の像を安置してあった。彼は常に高足駄を履いて山野を跋渉《ばつしよう》したと伝えられるので、その健脚にあやかりたい気持をこめて、足駄を拝むと言ったのだ。これからいよいよ白河の関にかかり、みちのくにはいるのだが、これから踏み越えるべき前途幾《いく》百里の夏の山々を心に描いて、「首途《かどで》」と言ったのである。

曾良の『書留』には、

夏山や首途を拝む高あしだ

の形で出、初案である。

四月五日、黒羽滞在中に、臨済宗寺院雲巌寺へ詣《もう》でた（光明寺参詣と、紀行の本文では順序が逆になっている）。この日、朝は曇ったが、天気がよかった。寺の奥に、旧知の仏頂和尚の山居の庵を訪ねたいと思ったのだ。仏頂は鹿島の人で、鹿島根本寺《こんぽんじ》の二十一世の住職であり、江戸深川臨川寺《りんせん》の開山であった。雲巌寺にも時々往来した。芭蕉に遅れて、正徳五年（一七一五）十二月二十八日に、七十三歳で入寂した。

啄木は季題としては秋季だが、それは連俳の約束であって、山奥で夏嘱目しても不思議ではない。仏頂が棲《す》み棄てた石上の小庵が、そのまま残っているのを見て、「木啄《きつつき》も庵はやぶらず」と言ったのだが、仏頂に対する親愛の念が啄木を得て具象化されたのである。この山深い幽寂境に、啄木を友として親しみながら、脱俗的な明け暮れを送ったさまを、生き生きと思い描いたのだ。

啄木や夏木立や、山の自然の中に融《と》け合って生活した仏頂の人柄への慕わしさが、この句にはおのずからにじみ出ている。

殺生石　芦野

〔原文〕是より殺生石《せつしやうせき》に行《ゆく》。館代《くわんだい》より馬にて送らる。此口付《このくちつき》のお《（を）》のこ、「短冊《たんじやく》得させよ」と乞《こふ》。やさしき事を望《のぞみ》侍るものかなと、

野を横に馬牽《ひき》むけよほとゝぎす

殺生石は温泉《いでゆ》の出《いづ》る山陰《やまかげ》にあり。石の毒氣《どくき》いまだほろびず、蜂・蝶のたぐひ眞砂《まさご》の色の見えぬほどかさなり死す。

又、清水《しみづ》ながるゝの柳は蘆野《あしの》の里にありて田の畔《くろ》に残る。此《この》所の郡守《ぐんしゆ》戸部《こほう》某《なにがし》の、此《この》柳みせばやなど折々にの給ひ聞え給ふを、いづくのほどにやと思ひしを、今日《けふ》此《この》柳のかげにこそ立《たち》より侍《はべり》つれ。

田一枚植《うゑ》て立《たち》去る柳かな

〔訳〕黒羽から殺生石《せっしょうせき》に行った。館代は馬をつけて送ってくれた。この馬の口を取る男が、自分に短冊を書いてくれと言う。優しいことを望むものだと、その場で書いた一句、

野を横に馬牽《ひ》きむけよほとゝぎす

（広いこの那須野を馬に乗って横切っていると、時鳥《ほととぎす》が鳴き過ぎた。馬子よ、手綱を横に引き向けてくれよ。）

殺生石は温泉の出る山陰にある。石の毒気がまだ亡びず、蜂・蝶のたぐいが、砂の表面の色が見えなくなるほど、重なって死んでいる。

また「清水流るる」の柳は、芦野の里の田の畦《くろ》に残っている。この地の領主民部《みんぶ》なにがしが、この柳を見せたいものだと、折々たよりにあったのを、何処《どこ》の辺りにあるのだろうと思っていたのに、この日ついにこの柳の陰に立ち寄ったのである。

田一枚植て立去る柳かな

（西行法師が「道のべに清水流るる柳かげしばしとてこそ立ちどまりつれ」と詠んだこの柳のかげで、私もしばし立ちどまった。それは眼前の田で、早乙女たちが田を一枚植え終えるほどの時間で、私もまた放心から立ち戻って、その古蹟を立ち去ったのであった。）

〔鑑賞〕　四月三日から十五日まで、芭蕉は那須の黒羽に泊まった。ここの館代、浄法寺図書高勝は、俳号を秋鴉といって、俳諧をたしなんだが、芭蕉の来訪を喜んで、たいへん歓待してくれた。弟の岡忠治豊明も、西郊の余瀬《よせ》村に住んで、翠桃と号してやはり俳諧をたしなんだ。芭蕉は歓待されるままに、あるいは秋鴉亭、あるいは翠桃亭で、十三日も滞在してしまった。

芭蕉はこのあいだに、郊外にむかしの犬追物のあとをしのび、実朝の歌で名高い那須の篠原を分け入って、玉藻の前の古墳をたずねたり、八幡宮にもうでて那須与一の扇の的の昔語りを思いだしたりした。黒羽に滞在中、どうやら芭蕉の頭は、鎌倉武士たちの武張った行為の数々と那須野の広さのイメージでいっぱいになったようだ。

十六日の朝、黒羽を出立し、途中那須野を横切って殺生石に立ち寄ることにした。殺生石は、玉藻の前に化けていた九尾のキツネが、石に化したとつたえられるところで、そのあたりは有毒ガスが発生して、踏みこんだ鳥獣が死ぬことがある。館代は、馬と口取りの男とをつけてくれた。「紀行」には馬子のように書いてあるが、ただの馬子ではあるまい。所望したので書いて与えたのがこの句だというが、このとき与えたのは実は懐紙切れで、保存されている。

那須野の広さのさまが「野を横に」の句にはっきり示されている。おりから、ホトトギスがけたたましくなきながら野を横切ったから、その声のほうへ馬の口を引き向けよ、といったのだ。即興的に、一気によみ下したような勢いがある。横手にホトトギスの消えてゆく姿を描いて、四方に果てもない曠野の感じをだしている。

古くから「いくさ仕立て」の句だという評があるが、この句の響きをよくくみ取っている。那須野でむかしの武士たちのイメージをかき立てられたことが、この句の勢いにのり移ったかのようだ。芭蕉はこのとき、那須野の矢たけびの声を、心の耳できいているのだ。阿部次郎は、敦盛を追って花道へ差しかかった吉右衛門の熊谷を、この句から連想するといっている。戯れに大将を気取ったような身ぶりがこの句にあり、それがこの句の頓才として生きている。

那須の篠原は下野国《しもつけ》（栃木県）那須郡那須野。ここに篠原神社、通称玉藻稲荷があって、後の北側に狐塚《こつか》があり、これが玉藻の前の古墳といっている。玉藻の前は鳥羽院の寵姫であったが、実は金毛九尾の狐の化身で見顕《あら》わされて東国へ逃げた。勅命で三浦介《みうらのすけ》義明、千葉介常胤《つねたね》、上総介《かずさのすけ》広常が狐を那須野に追い、義明がこれを射《い》殺した。その狐の霊が石と化したのが殺生石だという。謡曲『殺生石』に作られている。また八幡宮は金丸八幡ともいい、金田村金丸にある。だが那須与一が八島で祈念した氏神小八幡はここではなく、那須湯本の式内社温泉《ゆせん》大明神であろう。

那須野の歌としては、

もののふの矢並つくろふ籠手《こて》の上に霰たばしる那須の篠原　　実朝（金槐集）

が有名である。

四月二十日に、芭蕉は那須温泉の湯本を発ち、芦野をへて白坂《しらさか》へでた。芦野町のはずれ、八幡宮大門通りの左手の田の畔《あぜ》に、遊行柳が残っていた。西行が、

道のべに清水ながるる柳蔭しばしとてこそ立ちどまりつれ

の歌を詠んだところ。後には謡曲『遊行柳』にあるように、遊行上人の伝説もつけ加わって、遊行柳ともいわれた。

もちろんこれは伝説にすぎない。だが、奥の細道の旅を思い立ったことには、西行、能因の跡をしたうという気持があった。たとえあやしい名所でも、その因縁を重んじて、芭蕉はわざわざ立ち寄って見るのである。

「田一枚」の句は読者を戸まどいさせる。「田一枚植て」と「立ち去る柳かな」と、二つの詩句のいあだに断層があるからである。田を植えるのは早乙女であり、柳から立ち去るのは作者である。これは表現上の欠陥だといえないこともない。だが、句を読みなれた者なら、二、三回くちずさんでいるうちに、自然に詩としての統一した世界を取りもどすことができるだろう。

これは西行の歌を下敷きにした句で、西行が「しばしとてこそ」といった、ある短い時間の具象化が「田一枚植て」なのだ。しばらく柳の陰に立ち止まったあいだに、田一枚が植えられる。そのしばしの時間が、早乙女たちに田一枚を植えさせるのであり、裏がえせば、しばしの時間の主体である作者が、田一枚を植えることになる。だから文法的には二つの主語があるが、作者の心の内部の時間においては一つながりのものである。

柳のもとにたたずみながら、なかば放心の状態で、早乙女たちの手振りに見とれ、田一枚植え終わったことが、同時に、芭蕉の放心からの解放となり、柳のもとを立ち去らしめるのである。だから、この句のなかに断層があることが、かえって、この句の立体味を増しているといえる。「立ち去る」は、もちろん西行の「立ちどまりつれ」に照応する。

これは西行の古歌を下敷きにしたことからくる表現の奥行である。一句全体が西行の歌に和した形で、しかも眼前の田植え風景を点じたことが、和歌的抒情を俳句的具象に転化する力になっている。こういう句にも芭蕉の詩人としての本領はよく発揮されている。

奥州路

白河——平泉

白河

〔原文〕心許《こゝろもと》なき日かず重《かさな》るまゝに、白川の関にかゝりて旅心《たびごゝろ》定《さだま》りぬ。いかで都へと便求《たよりもとめ》しも断《ことわり》也。中《なか》にも此《この》関は三関《さんくわん》の一にして、風騒《ふうさう(騒)》の人《ひと》心をとゞむ。秋風を耳に残し、紅葉《もみぢ》も俤《おもかげ》にして、青葉の梢《こずゑ》猶あはれ也。卯の花の白妙《しろたへ》に、茨《いばら》の花の咲《さき》そひて、雪にもこゆる心地《こゝち》ぞする。古人冠《かんむり》を正《たゞ》し衣裳《いしやう(装)》を改《あらため》し事など、清輔《きよすけ》の筆にもとゞめ置《おか》れしとぞ。

卯の花をかざしに関の晴着《はれぎ》かな　曾良

〔訳〕落着かない日数を重ねているうちに、白河の関にかかって、ようやく旅心が定まった。昔平兼盛が、「如何《いか》で都へ」と便りをするつてを求めたというのも、道理である。多くの関所の中でもこの関は古来三関の一つで、風雅の人たちが心をここにとどめている。能因法師の秋風の歌を耳に覚え、源頼政の紅葉の歌も俤《おもかげ》として眼に浮べて、今見る青葉の梢もなかなか風情がある。卯の花の白に、さらに茨の花が咲き添って、雪のころにでも越える心地がする。この関を越えるとき、古人は冠を正し衣装を改めたことなど、清輔《きよすけ》の筆にも書き留めて置かれたということだ。

卯の花をかざしに関の晴着かな　曾良

(昔の人は冠を正し装束を改めて、この白河の関を越えたという。私は路傍の卯の花を髪に挿し、これを晴着として、関を越えるのである。)

〔鑑賞〕「紀行」には、「心許《もと》なき日かず重るまゝに、白河の関にかかりて旅心定りぬ」と書いている。新発見の柿衞本《かきもり》(素龍が芭蕉に依頼された清書本の外に、自家用として作ったものかという)に、「重る」を「かさなる」と書いているので、「かさぬる」ではなかった、と推定される。自分のはからいは没却して、おのずからの時間の流れに身を委《ゆだ》ねているのだから、「かさなる」なのだ。同様に、旅心が定まったのも、おのずからなのである。いよいよ、みちのくの域内に踏みこんで、旅情が身内にかたまって来たのである。

ここで芭蕉は、新関の方へ出ながら、それでは満足せず、わざわざ古関の跡を尋ねている。奈良・平安以来、多くの風騒の士のたどった古関の跡へ立ち寄らないのは、如何にも不本意だったのだ。「紀行」にはこのくだりで、三首の和歌を文の中に裁ち入れている。

たよりあらばいかで都へ告げやらむ今日白河の関は越えぬと　平兼盛（拾遺集）

都をば霞とともに立ちしかど秋風ぞ吹く白河の関　能因法師（後拾遺集）

都にはまだ青葉にて見しかども紅葉散りしく白河の関　源頼政（千載集）

ここを越えるときは、どうしても一首または一句詠むことが、風流人のさだめだった。芭蕉も句を案じたのだが、

早苗にもわがいろ黒き日数哉

と詠んでみて、意に充《み》たなかった。この句は能因が「都をば」の歌を披露するとき、わざわざ顔を日に焼いてみちのくへ旅したように見せかけたという故事を踏まえた句である。後でこの句は、

西か東か先《まづ》早苗にも風の音

と直している。白河では今ちょうど、植えられたばかりの早苗に風の音が聴き取られるというので、これも能因の「秋風ぞ吹く」を踏まえている点は、同様なのである。だが、これにも満足しないで、芭蕉は『細道』の本文では、代りに曾良の句を入れてすませているのだ。

藤原清輔の『袋草紙』に、竹田大夫国行《たけだのたいふ》が白河の関を通る時、わざわざ装束を引きつくろった

ので、人がその理由を問うと、能因があのような名歌を詠まれた処を、何で褻形《けなり》（ふだん着）で過ぎられよう、と言ったとある。その故事を踏まえて「関の晴着」と言ったので、卯の花を挿頭《かざし》にしたとは、芭蕉の文にある通り、白河での嘱目の季節の景物を詠みこんだのである。

曾良の『俳諧書留』に、「誰人とやらん、衣冠をただしてこの関をこえ玉フと云事、清輔が袋草紙に見えたり、上古の風雅、誠にありがたく覚へ侍て」と前書をつけて、この句を記している。「紀行」の白河のくだりで、一句もないわけには行かないのだから、曾良の句を以《もっ》てこれに当てたのは、適切な処置であった。また、ここは歌枕趣味の絶頂なのだから、芭蕉の文も曾良の句も、本歌取り、故事仕立てであることは、当然と言ってよかった。

白河の関は五世紀ころ、蝦夷に対してもうけられた関で、下野国《しもつけのくに》とみちのくとの境の標高五百メートルほどの関山にあった。関山にも新古二つあって、芭蕉は新しい関山を通ったが、やはり古関の跡にひかれて、曾良の『随行日記』によれば、白坂の入口から右へ折れて簱宿《はたじゅく》を訪ねている。新しい関山には、国境をはさんで下野側に住吉明神、みちのく側に玉津島明神（境神社）が二十間ほどへだてて並んでいる。古関のほうには、住吉、玉津島の明神を一緒に祭り、それから二所関《にしょのせき》の名が生まれた。相撲の二所関部屋はここの名をとったのである。白河城主松平定信が寛政十二年（一八〇〇）に古関の跡に立てた碑があって、あたりは巨樹がうっそうと繁る中に、昔の土塁や堀の跡らしいものが遺《のこ》っている。白河の関は勿来《なこそ》、念珠《ねず》とともに古来三関といわれ、歌人・文人・連歌俳諧師などがここを越える時は、冠を正し、心して越えたことが詠み遺した詩歌や逸話にうかがわれる。

須賀川

〔原文〕とかくして越行《こえゆく》まゝに、あぶくま川を渡る。左に会津根《あひづね》高く、右に岩城《いはき》・相馬《さうま》・三春《みはる》の庄《しやう》、常陸《ひたち》・下野《しもつけ》の地をさかひて山つらなる。かげ沼と云《いふ》所を行《ゆく》に、今日は空曇《くもり》て物影うつらず。

すか川の驛《えき》に等窮《とうきゆう》といふものを尋《たづね》て、四五日とゞめらる。先《まづ》「白河の関いかにこえつるや」と問《とふ》。「長途《ちやうど》のくるしみ、身心《しんじん》つかれ、且《かつ》は風景に魂《たましひ》うばゝれ、懐旧《くわいきう》に腸《はらわた》を断《たち》て、はか〴〵しう思ひめぐらさず。

　風流の初《はじめ》やおくの田植うた

無下《むげ》にこえんもさすがに」と語れば、脇《わき》・第三とつゞけて、三巻となしぬ。

此宿《このしゆく》の傍《かたはら》に、大きなる栗の木陰《こかげ》をたのみて、世をいとふ僧有《あり》。橡《とち》ひろふ太山《みやま》もかくやと閒《しづか》に覺《おぼえ》られて、ものに書付《かきつけ》侍る。其詞《そのことば》、

　栗といふ文字は西の木と書《かき》て、西方淨土《さいはうじやうど》に便《たより》ありと、行基菩薩《ぎやうぎぼさつ》

の一生杖《つゑ》にも柱にも此木《この》を用給《もちひ》ふとかや、

世の人の見付《つけ》ぬ花や軒の栗

〔訳〕とかくして関を越えて行くうちに、阿武隈川を渡った。左に会津の嶺が高く、右に岩城・相馬・三春の庄があり、この国と常陸《ひたち》・下野の国との境界を作って山が連なっている。影沼というところを通ったが、今日は空が曇っていてものの影が映らない。

須賀川《すかがわ》の駅に等窮《とうきゅう》という者を尋ねて、四、五日留められた。彼はまず「白河の関はどんなお気持で越えられましたか」と問うた。「長旅の辛労で、身心ともに疲れ、その上風景のよさに魂を取られ、懐旧の情に断腸の思いで、はきはきと句心も思いめぐらしませんでした。

風流のはじめや奥の田植うた

（白河の関を越えて、みちのくに足を印した私たちにとって、みちのくでの最初の風流は、鄙びた田植唄を聞くことであった。）

何も詠まずに越えるのもさすがに無念なので、こんな一句を作りました」と言うと、それを発句に脇・第三と続けて、三巻の連句が出来上った。

この宿《しゅく》のかたわらに、大きな栗の木陰を頼んで、世を厭《いと》う僧が住んでいた。西行が「橡《とち》拾ふ」

と詠んだ深山もこんなところだったろうかと、閑かなさまに見受けられて、紙に書きつけておいた。その言葉。

栗という文字は西の木と書いて、西方浄土とゆかりがあるとして、行基菩薩は一生杖にも柱にもこの木を用いられたということだ。

世の人の見付けぬ花や軒の栗

（目立たない栗の花がこの庵の軒端に咲き垂れている。そのように庵の主人も、世に隠れて閑かに住んでいるのが、ゆかしいことである。）

〔鑑賞〕　四月二十二日、岩瀬郡須賀川の相楽《さがら》等窮邸で、翁・等窮・曾良の三吟歌仙を巻いた。等窮邸には二十二日に着いて、二十九日に立った。等窮は伊左衛門、乍単斎《さたんさい》とも号し、芭蕉の古くからの俳友である。曾良の『俳諧書留』には、

風流の初やおくの田植歌　　翁

覆盆子《いちご》を折て我まうけ草　　等窮

水せきて昼寝の石やなをすらん　　曾良

以下三十六句を出し、「元禄二年卯月廿三日」とあるから、翌日満尾《まんび》したのであろう。別に、「岩瀬の郡、すか川の駅に至れば、乍単斎等窮子を尋て、かの陽関を出て故人に逢なるべし」とあるのは、芭蕉が口述して書かせた詞書であるらしい。

等窮は富裕な大地主だった。芭蕉が訪ねた四月二十二日には、等窮のところでは田植が始まっていて、それは翌々日の二十四日まで続いたようだ。須賀川の大旦那の屋敷の田植だから、村人たちは、男も女も、駆り出されて、田植歌も賑やかに植え進んだ。男を田人《たうど》といい、女を早乙女という。芭蕉は彼等の田植歌をきいて、その鄙びた節回しを印象深くききとった。

その夜、主は客人二人を、俳諧の座に招いた。俳諧の座で客人に発句を所望することが、最上の歓待なのである。『細道』の本文にあるように、主は「白河の関はどんなお気持で越えられましたか」と問うたのであろう。問いの意味は、その時どういう一句をつくられたか、という意味なのである。昔から白河の関を越える時、一篇の和歌、発句をものするのが、歌人・連歌師・俳諧師たちの常例であった。そこで芭蕉は「長旅の疲れの上に、風景の良さに魂を奪われ、懐旧に腸を断つ思いで、句心もはかばかしく催しませんでしたが、何も詠まないで越えるのも残念なので」といって、「風流の」の句を示した。ただし事実は白河でつくった「早苗にも」の句をつくりそれを等窮に示し、等窮がそれをさらに白河藩士何云《かうん》に手紙でいってやっている。

白河の関を越えみちのくに第一歩を印した私たちがききとめた最初の風流は、あなたがきかせて下さったあの鄙びた田植歌でした、という意味である。嘱目の田植風景をとりこんで、また等窮への挨拶をもこめ、さらに奥州の鄙びた風流を讃《たた》える気持も含めた。詠んだのは須賀川だが、やはり白河を越えた気持を主にして詠んでいるのである。それに対する等窮の脇句は、

覆盆子を折て我まうけ草

である。イチゴを客人に出したということは、まことに鄙びたもてなしながら、といった謙退の気持がある。

「世の人の」の句は四月二十四日の作である。「紀行」の前文によって、この句の作られた事情はわかる。等窮の屋敷内に庵を結んでいた可伸《かしん》という僧があって、栗斎とも号した。この庵の傍らに大きな栗の木があってその木陰に結んだ庵だから栗斎と号したのだ。曾良の『随行日記』二十四日の条《くだり》に、昼過ぎから可伸庵で俳諧の席があり会席に蕎麦切が出された、とある。翁・栗斎・等窮・曾良ほか三人で歌仙を巻いた。

隠家やめにたゝぬ花を軒の栗　翁
稀に蛍のとまる露草　栗斎
切くづす山の井の井ハ有ふれて　等窮
畔づたひする石の棚はし　曾良

（以下省略）

丁度軒端に栗の花が咲いているが、それは世間の人が目に止めないような目立たない花で、そのさまはここにひっそりと隠れ住んでいる草庵の主の心に適《ふさわ》しいということ。世を厭う僧の心意気の床しさを栗の花に託した。阿武隈川は古歌では「あふくま」と書いておくまと読む。

あふくまに霧たちわたりあけぬとも君をばやらじ待てばすべなし　（古今集大歌所御歌）

世とともにあふくま川の遠ければ底なる影を見ぬぞ悲しき　読人知らず　（後撰集）

浅香　信夫

〔原文〕等窮が宅を出《いで》て五里計《ばかり》、檜皮《ひはだ》の宿《しゆく》を離れてあさか山有《あり》。路《みち》より近し。此《この》あたり沼多し。かつみ刈比《かるころ》もやゝ近うなれば、「いづれの草を花かつみとは云《いふ》ぞ」と、人々に尋《たづね》侍れども、更知人《さらにしるひと》なし。沼を尋《たづね》、人にとひ、かつみ〳〵と尋《たづね》ありきて、日は山の端《は》にかゝりぬ。二本松《にほんまつ》より右にきれて、黒塚《くろづか》の岩屋《いはや》一見し、福嶋に宿る。

あくれば、しのぶもぢ摺《ずり》の石を尋《たづね》て忍《しの》ぶのさとに行《ゆく》。遙《はるか》山陰の小里《こざと》に、石半《なかば》土に埋《うづもれ》てあり。里の童部《わらべ》の來《きた》りて教《をしへ》ける、「昔は此《この》山の上に侍《はべり》しを、往來《ゆきき》の人の麦草《むぎくさ》をあらして此《この》石を試《こゝろみ》侍《はべる》をにくみて、此《この》谷につき落せば、石の面下《おもてした》ざまにふしたり」と云《いふ》。さもあるべき事にや。

早苗《さなへ》とる手もとや昔しのぶ摺《ずり》

〔訳〕等窮の家を出て五里ばかり、檜皮《ひわだ》の宿を離れるとすぐ浅香山がある。路からすぐ近い。このあたりは沼が多い。かつみを刈る季節も次第に近くなったから、「どの草を花かつみと言うのですか」と人々に尋ねるけれど、一向に知る人はない。浅香沼のほとりを尋ね探し、人にも問い、かつみ、かつみと尋ね歩いて、日は山の端に傾いた。二本松から右に折れて、黒塚の鬼の岩屋を一見し、福島に宿を取った。

翌日は、しのぶ文字摺《もじずり》の石を尋ねて、信夫《しのぶ》の里に行った。はるかな山陰の小さな里に、石はなかば土に埋れていた。里の子供が来て教えたことは、「昔はこの山の上にあったのを、往来の人が畑の麦の葉を取ってこの石に摺り試みたりするのを憎んで、この谷に突き落したので、石の表が下向きになって横たわった」と言う。そういうこともありそうな事だ。

早苗とる手もとや昔しのぶ摺

（早乙女たちが早苗をとる手ぶりを見ていると、昔、しのぶ摺をした優雅な手つきが偲《しの》ばれる。しのぶもじ摺とは、もじという薄布に、しのぶの葉をたたきつけて、その形を模様にしたもの。石に草の汁をつけて摺り出すというのは後世のことで、それから文字摺石の伝説が出来上がった。）

〔鑑賞〕　あさか山は盤代《いわしろ》国安積《あさか》郡日和田《ひわだ》町の安積山公園のある丘だという。

あさか山影さへ見ゆる山の井の浅き心を我が思はなくに　采女《うねめ》（万葉集）

この歌については葛城王《かつらぎおう》と采女との伝説が伝えられている。またあたりの沼をあさか沼といい、「あさかの沼の花かつみ」といって古歌に詠まれた。今は東勝寺のあたりの田んぼをこの沼の跡ともいう。

みちのくのあさかの沼の花かつみかつ見る人に恋ひや渡らん　読人知らず（古今集）

この花かつみは古来は真菰の花だといっている。

五月二日に、芭蕉は福島を立ち、阿武隈川の岡部の渡りを舟で越え、山の谷あいを十七、八丁（一・九―二キロ）はいって信夫の里の文字摺石を見た。ここはむかしから、奥州の歌枕にされていた。

みちのくのしのぶもぢずり誰ゆゑに乱れそめにし我ならなくに

という河原の左大臣源融《みなもとのとおる》の歌が、百人一首にはいっている。名物であるもじずりぐるみ、信夫の里は歌枕と考えられた。武蔵野といったら若紫やうけらが花を、最上川といったら稲舟を、浅香の沼といったら花かつみを連想するのとおなじである。

しのぶもじずりとはなにか。むかしからいろいろな説が立てられている。もじという薄布に、しのぶの葉をたたきつけて、その形を模様にしてすりだしたもの。『伊勢物語』の業平は、しのぶずりの狩衣を着ているが、しのぶの葉形は小忌衣《おみごろも》の模様であった。石に草の汁をつけてすりだすというのは、後世のことで、それからもじずり石の伝説ができあがったのである。

もちろん芭蕉は、そんな穿鑿《せんさく》などしたわけでなく、土地の伝承にすなおにしたがって、石を見に行ったのである。「早苗とる」の句はそのとき、短冊に書いて、加衛門加之という人に与えたらしい。最初の形は、

五月乙女《さをとめ》にしかた望んしのぶ摺

というので、

早苗つかむ手もとや昔しのぶ摺

というのが第二案である。だんだん表現が純化していっている。

阿武隈平野の田で、ちょうど田植えをしている早乙女たちの姿を見てよんだ即興句である。初案は早乙女にしのぶずりをすりだす仕方を所望しようといったので、気持を露骨にだしすぎている。決定稿では、早乙女たちが早苗を取る手もとに、むかしの風流のにおいをかぎだしている。「しのぶ」が懸詞《かけことば》になっていて、むかししのぶずりをつくった手ぶりがしのばれるというのである。

こういう句になると、芭蕉はひたすら懐古趣味・歌枕趣味にひたっていて、まったく中世の和

歌情緒だといってよい。

佐藤庄司が跡

〔原文〕 月《つき》の輪《わ》のわたしを越《こえ》て、瀬《せ》の上《うへ》と云宿《いふしゆく》に出づ。佐籐庄司が旧跡は左の山際《やまぎは》一里半計《ばかり》に有《あり》。飯塚《いひづか》の里《さと》、鯖野《さばの》と聞《き》て、尋々行《たづね〱ゆく》に、丸山《まるやま》と云ふに尋《たづね》あたる。是《これ》庄司が旧舘也。梺《ふもと》に大手《おほて》の跡など人の教《をし(ふ)》ゆるにまかせて泪《なみだ》を落し、又かたはらの古寺《ふるでら》に一家《いつけ》の石碑《せきひ》を残す。中にも二人の嫁がしるし先哀《まづあはれ》也。女なれどもかひぐ〱しき名の世に聞えつる物かなと袂《たもと》をぬらしぬ。堕涙《だるゐ》の石碑も遠きにあらず。寺に入《いり》て茶を乞へば、爰《こゝ》に義經《よしつね》の太刀《たち》・弁慶《べんけい》が笈《おひ》をとゞめて什物《じふもつ》とす。

笈も太刀も五月《さつき》にかざれ帋幟《かみのぼり》

五月朔日《さつきついたち》の事也。

〔訳〕 月の輪の渡しを越えて、瀬《せ》の上《うえ》という宿に来た。佐藤庄司の旧跡は左の山際一里半ばかりのところにある。飯塚《いいづか》の里の鯖野《さばの》のあたりだと聞いて、尋ね尋ね行くと、丸山というところで探しあてた。これは庄司の館《たち》の跡である。麓に大手門の跡など人の教えるままに涙を落した。またかたわらの古寺にこの一家の石碑が残っている。中にも庄司の息子継信《つぐのぶ》・忠信《ただのぶ》二人の嫁の石碑がかくべつ哀れである。女ではあるが、かいがいしい名の世に聞え伝わったことよと、袂を濡らした。峴山《けんざん》にあったという堕涙《だるい》の石碑が、こんな近くにもあったのである。寺に入って茶を所望すると、ここに義経の太刀、弁慶の笈《おい》をとどめて宝物としている。

笈も太刀も五月《さつき》にかざれ紙幟《かみのぼり》

（ちょうど今五月の節供の時だから、弁慶の笈も義経の太刀も、紙幟を立てて、飾り祝ったらどうか。）

五月朔日《ついたち》のことである。

〔鑑賞〕　五月二日福島を出て瀬上《せのうえ》から鯖野へ行き瑠璃光山医王寺《るりこうざんいおうじ》を訪ねた。「紀行」にはこの寺に入ってお茶を請い、寺で什物《じゅうもつ》としている義経の太刀、弁慶の笈を見てつくったようなことになっている。日付も一日繰り上げて、五月朔日のことにしてある。だが本当は、芭蕉も曾良も寺の前を通りながら寺へは入らず、その寺に境を接した薬師堂に詣《もう》で堂の後にある佐藤庄司夫妻の石塔やその子の継信・忠信兄弟の石塔に参っている。そして『随行日記』には「寺ニハ判官殿笈・弁慶書シ経ナド有由《あるよし》。系図モ有由」と書いている。つまりこんなものは見ていないし、この時こんな句もつくっていない。後に『奥の細道』の本文を推敲する時つくった句で、その草稿である

曾良本には

弁慶が笈をもかざれ紙幟

とあり、それが初案である。どうせ怪しげな宝物だから見る気にもならなかったのだろうが、東北に伝わる義経伝説には異常な興味を湧かせているから、佐藤庄司親子の墓にはわざわざ参ったのである。そしてこういう句を「紀行」の中に挿入するのもまた一興と思ったのだ。「五月に飾れ」だから、五月になったらすぐ幟や武具などを飾るという意味で、日付も朔日に直したのだろう。

その翌日飯坂《いいざか》を発ち、伊達の大木戸を越えて鐙摺《あぶみずり》の興福寺《こうふく》を訪ね、そこ（今の白石斎川《さいかわ》の田村神社境内）に佐藤継信・忠信の妻の御影堂《みえどう》（甲冑堂）を訪ねている。そのことを「紀行」の本文では一緒にして医王寺にある佐藤一家の石碑にこの二人の嫁のことを記しているのが哀れだ、と書いている。だがそんな石碑は現在遺《のこ》っていないし、おそらく斎川の興福寺の甲冑堂での見聞を一緒に書いてしまったのである。屋島で継信が、また吉野で忠信が、どちらも主君の身代りで討死してしまった後、残された二人の嫁は舅《しゅうと》のために甲冑を身につけて兄弟が凱旋するさまを見せ、慰めたという物語があった。その姿の木像を、蕪村が松島行脚の時立ち寄り、一人は弓矢をとり、一人は鉞《なぎなた》を按《あん》じている姿を描き遺している。その木像は明治八年に焼失し、昭和十三年に再建した像がある。それはまだ東北の素朴なおもかげを残しているが、それにならって最近医王寺でもとびぬけて美女につくったモダーンな人形二体を飾っている。

『細道』の発句はまず雛の節句に始っているから、ここでどうしても菖蒲の節句の句が欲しいところで、芭蕉は後になってこの句を作り、ここに挿入したものと思われる。

飯坂　笠島　武隈

〔原文〕　其《その》夜飯塚《(坂)》にとまる。溫泉《いでゆ》あれば湯に入《いり》て宿《やど》をかるに、土坐《どざ》に筵《むしろ》を敷《しき》てあやしき貧家《ひんか》也。灯《ともしび》もなければゐろりの火《ほ》かげに寐所《ねどころ》をまうけて臥《ふ》す。夜に入《いり》て雷鳴《かみなり》、雨しきりに降《ふり》て、臥《ふせ》る上《うへ》よりもり、蚤蚊《のみか》にせゝられて眠らず。持病《ぢびやう》さへおこりて消入計《きえいるばかり》になん。短夜《みじかよ》の空もやう〳〵明《あく》れば、又旅立《たびだち》ぬ。猶夜《よる》の余波《なごり》心すゝまず、馬かりて桑折《こをり》の驛に出《いづ》る。遙《はるか》なる行末《ゆくすゑ》をかゝえ《(へ)》て、斯《かゝ》る病覚束《やまひおぼつか》なしといへど、羇旅邊土《きりよへんど》の行脚《あんぎや》、捨身無常《しやしんむじやう》の觀念《くわんねん》、道路にしなん《(死)》、是《これ》天の命《めい》なりと、氣力聊《いさゝか》とり直《なほ》し、路縦横《みちじゆうわう》に踏《ふん》で伊達《だて》の大木戸《おほきど》をこす。

　鐙摺《あぶみずり》・白石《しろいし》の城を過《すぎ》、笠嶋《かさじま》の郡《こほり》に入れば、藤《とうの》中將実方《さねかた》の塚はいづくのほどならんと人にとへば、「是《これ》より遙《はるか》右に見ゆる山際《やまぎは》の里をみのわ・笠嶋と云《いひ》、道祖神《だうそじん》の社《やしろ》、かた見《み》の薄《すゝき》今にあり」と教ゆ《(ふ)》。此比《このごろ》の五月雨《さみだれ》に道いとあしく、身つかれ侍れば、よそながら眺《ながめ》やりて過《すぐ》るに、簑輪《みのわ》・笠嶋も五月雨

の折《をり》にふれたりと、

笠嶋はいづこさ月《つき》のぬかり道

岩沼《いはぬま》に宿る。

武隈《たけくま》の松にこそめ覚《さむ》る心地《こゝち》はすれ。根は土際《つちぎは》より二木《ふたき》にわかれて、昔の姿うしなはずとしらる。先能因法師《まづのういん》思ひ出《いづ》。往昔《そのかみ》むつのかみにて下りし人、此木《この》を伐《きり》て名取川《なとりがは》の橋杭《はしくひ》にせられたる事などあればにや、「松は此《この》たび跡もなし」とは詠《よみ》たり。代々《よゝ》あるは伐《きり》、あるひは植継《うゑつぎ》などせしと聞《きく》に、今将千歳《はたちとせ》のかたちと、のほひて、めでたき松のけしきになん侍《はべり》し。

「武隈の松みせ申せ遅桜《おそざくら》」と挙白《きよはく》と云《いふ》もの、餞別《せんべつ》したりければ、

桜より松は二木《ふたき》を三月《みつき》越《ご》シ

〔訳〕その夜飯坂にとまった。温泉があるので湯に入ってから宿を借りると、土間に莚を敷いた卑しい貧家である。灯もないので、囲炉裏《いろり》の火影のとどく近くに寝床を取って寝た。夜に入って雷が鳴り、雨がしきりに降って、寝ている上から洩り、蚤や蚊に食われて眠られない。持病さえ起って、気も失うばかりに苦しんだ。短夜の空がようよう明けると、また旅立った。なお昨夜の痛みが残っていて、心が晴れない。馬を借りて桑折《こおり》の駅に出た。思うだに遥かな前途をかかえて、

こんな病気の有様ではおぼつかないけれども、もとより、これは辺鄙な地方の行脚で、俗界の身を捨て、無常を観じて出て来た旅なのだから、道の途中で死のうとも、それも天命なのだと考えて、気力をいささか取り直し、元気よく道を縦横に踏んで、その名も伊達の大木戸を越えた。鐙摺・白石《しろいし》の城を過ぎ、笠島郡《かさしま》に入り、藤中将実方《とうのちゆうじようさねかた》の塚はどの辺だろうと人に問えば、「これよりはるか左に見える山際の里を、箕輪《みのわ》・笠島と言い、道祖神の社や形見の薄が今でもあります」と教えてくれた。このごろの五月雨に道が非常に悪く、体は疲れてもいたので、よそながら眺めやって過ぎたが、箕輪・笠島という名も五月雨の季節にゆかりがあるとて、

笠島はいづこ五月《さつき》のぬかり道

（藤中将実方の塚のある笠島はどの辺であろう。行ってみたいが、五月雨の降りつづいたこのぬかり道では、それもかなわず、振りかえり振りかえり心を残しながら、私は立ち去って行く。）

その夜は岩沼に宿った。

武隈《たけくま》の松は、まことに目の覚める心地がした。根は生え際から二つに分れて、昔の姿を失っていないことが分った。まず第一に、能因法師のことが思い出された。昔、陸奥守《むつのかみ》となって京都から赴任して来た人が、この木を伐って名取川《なとりがわ》の橋杭にされたことなどあったからか、能因は「松はこのたび跡もなし」と詠んだ。代々、あるいは伐り、あるいは植えつぎなどしたと聞いていた

が、今また千年の樹齢を保ちそうな形が整って、見事な松の姿であった。

江戸出立のとき、挙白《きょはく》という者が、「武隈の松見せ申せ遅桜」と餞別の句をくれたので、

桜より松は二木《ふたき》を三月越《みつきご》し

（大江戸出立のとき、挙白が「遅桜のころには、翁は武隈あたりを通られるだろうが、そのときは遅桜よ、翁を武隈の松へ御案内してくれよ」と餞別の句をくれた。江戸出立の桜のころから待っていた武隈の松の二木を、三月越しにやっと見ることが出来た。橘季道《すえみち》の「武隈の松は二木を都人いかがと問はば見きと答へむ」の古歌を踏まえ、「松」と「待つ」、「見」と「三月」を懸けている。）

〔鑑賞〕「笠島は」の句は五月四日の作。「紀行」の本文にある通り、鐙摺・白石の城を過ぎて、笠島郡に入り、はるか左に笠島の里と望みながら訪ねる余裕がなく、心を残して通り過ぎた。その時の気持を一句にこめた。曾良の『書留』にも元禄四年撰の『猿蓑』にも「笠島や」となっている。それが元禄六年の「奥の細道」には「笠島は」になった。「笠島や」は重く、「笠島は」はかるい。芭蕉は晩年にはかるみということを唱導したので、たった一字のテニヲハながらこの句

でも「笠島は」のかるみをとったのである。笠島には藤原実方の塚がある。一条天皇の頃、天皇の御前で書の名人藤原行成と口論し、行成の冠を笏《しゃく》で打ち落してしまった。この事件で、彼は勅勘をこうむり「歌枕見て参れ」と陸奥守におとされ、奥州へつかわされた。長徳元年（九九五）のことであったが、この二人の口論の裏には清少納言との三角関係のいざこざが介在したらしい。行成が批評したように、実方は驕慢な性格だったらしく、長徳四年に彼は笠島の道祖神の前を下馬しないで通り抜けようとしたところ、神前で馬が倒れ、それが因《もと》で死んでしまった。道祖神の後ろに彼と馬との名のみの塚があり、西行もこの塚の前で一首詠んでいる。

朽ちもせぬその名ばかりをとどめ置きて枯野のすゝき形見にぞ見る

奥州までさすらった藤中将実方の悲劇は旅人芭蕉の心にとっても無縁ではなかった。雨と疲労とで思いを果すことはできなかったが、遠くからでも実方の霊へ一言呼びかけないではいられない心が、「笠島はいづこ」という句にこもっている。「紀行」の本文に「五月雨の折に触れたり」というのは蓑輪とか笠島といった地名が雨の縁語になっていることをたわむれたのである。『随行日記』によると、この日は少し雨がやんで陽が差すような空模様だった。だがこの句からは梅雨どきのはっきりしない、ぼんやりと遠く影のように笠島のあたりが浮び上っている景色を憶《おも》い描けばよい。それと旅人との間に、水かさの増した五月の田が広がって、道はぬかるみ、それが笠島まで行くことを拒んでいる。行けないのでなおさら、芭蕉の胸裡では笠島という土地の名が、半ばうらめしい心をこめた激しい思慕と化するのである。

「桜より松は」の句は五月四日の作。岩沼の武隈明神の別当寺の後に、竹垣をした武隈の松を見に行った。江戸出立の時、草壁《くさかべ》挙白が餞別に、

武隈の松みせ申せ遅桜

という句を送ったので、ここから挙白へ返しの一句を送ったのである。挙白の『四季千句』という集に「むさし野は桜のうちにうかれ出て、武隈はあやめふく比《ころ》になりぬ。かの松みせ申せ遅桜と云けむ挙白何がしの名残も思ひ出て、なつかしきまゝに、散《ちり》うせぬ松や二木を三月ごし」。夏の季語に松落葉があるので、「桜より」の句は「散うせぬ松」で夏の句となる。桜はとっくに散ってしまったが、武隈の松は常磐木《ときわぎ》だから散ることがない、という意味で「散うせぬ松」といったのである。その二木に別れた松をあなたに見よと言われてから三月越しに見ることが出来た、といったものだが、改案では「散うせぬ松」が除かれたから雑《ぞう》の句となった。芭蕉は名所の句には雑の句があってもよいといったので、これは名所の雑の句ということになろう。だが、桜が散ってから三月越し、というので、勘定すれば夏の句ということになる。三月越しとはあしかけ三月の意。『細道』の句の中でも理屈っぽい駄句ということになろう。なおこの句は橘季通の歌に、

武隈の松はふた木を都人いかがととはば見きと答へむ　（後拾遺集）

とあるのを踏まえており、三月越しにはやはり「見つ」という意味をこめている。本文に挙げた

能因法師の歌は、

武隈の松はこの度《たび》跡もなし千歳を経てや我は来つらむ　（後拾遺集）

である。

宮城野

〔原文〕名取川を渡《わたつ》て仙臺《せんだい》に入《いる》。あやめふく日也。旅宿をもとめて四五日逗留《とうりう》す。爰《こゝ》に畫工加右衛門と云《いふ》ものあり。聊《いさゝか》心ある者と聞《きゝ》て知る人になる。この者、「年比《としごろ》さだかならぬ名どころを考置《かんがへおき》侍れば」とて、一日《ひとひ》案内す。宮城野《みやぎの》の萩茂りあひて、秋の氣色《けしき》思ひやらるゝ。玉田・よこ野、つゝじが岡はあせび咲《さく》ころ也。日影ももらぬ松の林に入《いり》て、爰《こゝ》を木《こ》の下《した》と云《いふ》とぞ。昔もかく露ふかければこそ、「みさぶらひみかさ」とはよみたれ。藥師堂《やくしだう》・天神《てんじん》の御社《みやしろ》など拝《をがみ》て、其《その》日はくれぬ。猶《なほ》、松嶋・塩がまの所々畫《かき》に書て送る。且《かつ》、紺《こん》の染緒《そめを》つけたる草鞋《わらぢ》二足餞《はなむけ》す。さればこそ風流のしれもの、爰《こゝ》に至りて其実《そのじつ》を顯《あらは》す。

あやめ艸《ぐさ》足に結《むすば》ん草鞋の緒《を》

〔訳〕 名取川を渡って仙台に入った。菖蒲を葺《ふ》く日であった。旅宿を求めて四、五日逗留した。ここに画工加右衛門《かえもん》という者があった。いささか風雅に志のある者と聞いて、知人になった。この者が「年ごろはっきりしない名所について考えておきましたから」と言って、ある日案内してくれた。宮城野の萩は茂り合って、秋の花の盛りのころはさぞ見事だろうと思いやられた。玉田・横野・躑躅《つつじ》ヶ丘などは、古歌にたがわず馬酔木《あしび》の咲くころであった。日影も洩らぬ松の林に入ったが、ここが木《こ》の下《した》という所だという。昔もこんなに露が深かったからこそ「みさぶらひみ笠」と詠んだのだろう。薬師堂・天神の御社《やしろ》などを拝んで、その日は暮れた。なお加右衛門は、松島・塩竈のところどころを、画に書いて贈ってくれた。また、紺の染緒《そめお》をつけた草鞋《わらじ》二足を、餞別にくれた。さればこそ、彼は風雅の道のしたたか者で、ここに至ってその実体をあかした。

あやめ草足に結ばん草鞋の緒

（折しも菖蒲の節句の日で、家々の軒には菖蒲が挿してある。頂いた草鞋の紺の染緒にも、菖蒲を結んで、健脚を祈ることにしよう。）

〔鑑賞〕 五月四日、すなわち「あやめふく日」の夕方に、芭蕉と曾良とは仙台へついた。取りあえず、国分町《こくぶん》の大崎某《なにがし》方に泊まったが、五日には、もらってきた紹介状を方々へ持参した。だが、けっきょくほど近い立町の北野屋嘉右衛門《かえもん》（原文は加右衛門）方に厄介になることになった。

　仙台に知人のなかった芭蕉には、これはありがたいことだった。嘉右衛門は画工で、俳諧は大《おお》淀三千風《よどみちかぜ》の門下である。七日は快晴だったので、彼の案内で、宮城野・玉田・横野・榴《つつじ》ヶ岡・木《こ》の下《した》などの名所・歌枕を見てまわった。仙台は城下町として繁栄していたから、こういった名所も、おおかたわからなくなっていたのだが、彼は年ごろ調べて考えて置いたからといって、案内してくれたのだった。

　夜にはいって、紹介状をもらってきていた甚兵衛もきたので、芭蕉は二人に、短冊と横物を一幅ずつ書いて与えた。嘉右衛門は、芭蕉に乾飯《ほしいい》一袋とわらじ二足を贈り、翌朝また海苔一包みを持ってきた。

　八日の午前十時ごろ、仙台をたって塩竈へ向かった。二人とも嘉右衛門がくれたわらじをはいている。そのわらじには紺の染め緒がつけてあった。その色のあざやかさに、彼の好意はあふれ、彼こそほんとうの「風流のしれもの」と思えるのだった。そのとき、彼に贈ったのが「あやめ草」の句である。

　おりから菖蒲の節句の日で、家々の軒には菖蒲がさしてある。いただいたわらじの緒に菖蒲を結んで、健脚を祈ろう、というほどの意味。菖蒲はもともと魔よけの意味がある。もちろん、あるじへの感謝の念をこめた挨拶の句である。紺の染め緒のことは句の上にはいっていないが、言外にこめて、におうような紺色と菖蒲の高い香りとのうつりを、賞しているのである。

だが、実際にはわらじの緒に菖蒲を結ぶようなことは、しなかったにちがいない。おそらくこれは、前夜書き与えた短冊《たんざく》の句ででもあったのだろう。だが、そういう軽いフィクションを構えだすことも、その場にのぞんでの一興である。「あやめ草」といって、そのときの季節をはっきり示すとともに、それによって、心のこもった紺の染め緒に対する称賛と感謝の気持をにおわすのだ。当意即妙の句というべきである。

名取川は、仙台市の南を流れる川。宮城・山形の県境から発して太平洋に注ぐ。

みちのくにありといふなる名取川なきなとりては苦しかりけり　壬生忠岑（古今集）

名取川せぜにありてふ埋れ木も淵にぞ沈む五月雨のころ　従三位為継（新後撰集）

宮城野は陸前国宮城郡国分寺のあたり。今は仙台市の一部である。国分寺の西に木下《きのした》町があり、昔は草木が茂って、宮城野の木《こ》の下《した》道といった。「宮城野の萩」や「宮城野の木の下露」などよく歌に詠まれている。

みさぶらひみ笠《かさ》と申せ宮城野の木の下露は雨にまされり　（古今集東歌）

宮城野の露ふき結ぶ風の音に小萩がもとを思ひこそやれ　（源氏物語・桐壺の巻）

あらし吹く風はいかにと宮城野の小萩が上を人の問へかし　赤染衛門（新古今集）

玉田・横野は仙台市原町小田原付近。

とりつなげ玉田横野の放れ駒つゝじが岡にあせみ咲くなり　源俊頼（散木奇謌《さんぎきか》集）

つゝじが岡は今仙台市榴《つつじ》ヶ岡。

みちのくのつつじの丘の熊つづらつらしと妹を今日ぞ知りぬる　（古今六帖）

壺碑

〔原文〕かの畫圖《ゑづ》にまかせてたどり行《ゆけ》ば、おくの細道の山際に十苻《とふ》の菅有《すげあり》。今も年々十苻の菅菰《すがごも》を調《とゝのへ》て國守《こくしゆ》に献ずと云《いへ》り。

壺碑《つぼのいしぶみ》　市川村多賀城に有《あり》

つぼの石ぶみは、高サ六尺餘《あまり》、横三尺計歟《ばかりか》。苔を穿《うがち》て文字幽《かすか》也。四維国界之数里《しゆいこくかい》をしるす。「此《この》城、神亀《じんき》元年、按察使鎮守苻将軍大野朝臣東人之所置《あぜちちんじゆふ(府)のおほのあそんあづまびとのおくところ》也。天平宝字《てんぴやうはうじ》六年、参議東海東山《とうかいとうさんの》節度使、同《おなじく》将軍恵美朝臣　獦《ゑみのあそんあさかりの》　修造而《にして》、十二月朔日《ついたち》」と有《あり》。聖武《しやうむ》皇帝の御時に當れり。むかしよりよみ置《おけ》る歌枕、おほく語《かたり》傳ふといへども、山崩《くづれ》川流《ながれ》て道あらたまり、石は埋《うづもれ》て土にかくれ、木は老《おい》て若木《わかぎ》にかはれば、時移り代《よ》變じて、其《その》跡たしかならぬ事のみを、爰《こゝ》に至りて疑《うたがひ》なき千歳《せんざい》の記念《かたみ》、今眼前《がんぜん》に古人の心を閲《けみ》す。行脚《あんぎや》の一徳《いつとく》、存命《ぞんめい》の悦び、羇旅《きりよ》の勞《らう》をわすれて泪《なみだ》も落《おつ》るばかり也。

〔訳〕　加右衛門が書いてくれた画図に従ってたどって行くと、奥の細道と呼ばれる街道の山ぎわに、有名な十符《とふ》の菅《すげ》がある。今も年々、十筋の編み目の菅菰《すがごも》を調製して、藩主に献上しているそうだ。

壺碑《つぼのいしぶみ》　市川村多賀城にあり

壺碑は高さ六尺余、横三尺ばかりか。苔をえぐって文字が幽《かす》かに見える。四方の国境までの里数が記してある。そして「この城は神亀《じんき》元年、按察使《あぜち》鎮守府将軍、大野朝臣東人《あずまひと》が築いたものである。天平宝字六年、参議東海東山の節度使、同じく将軍恵美朝臣《えみのあそん》獦《あさかり》がさらに修造した。十二月朔日」とある。聖武天皇の御代にあたる。昔から歌に詠んだ歌枕をたくさん伝えているが、山は崩れ川は流れて道がかわり、石は埋れて土にかくれ、木は老い枯れて若木にかわったので、時代が移り変って、その跡の不確かなことばかりが多いのに、この壺碑に至っては、疑いようもない千年の昔の記念物が、いま眼前に古人の心を見る心地がする。これも行脚の一徳、存命の悦びというべきで、旅の苦労をうち忘れて、涙が落ちるばかりに感動した。

〔鑑賞〕　十符の菅は仙台市岩切《いわきり》字台屋敷《だいやしき》付近。岩切の北の入山辺《いりやまべ》から多賀城村・市川あたりまでを「奥の細道」といい、その道の山際に十符の菅があると「紀行」の本文にある。奥の細道とは、ここでは、奥州路の一部の固有名詞になっている。そのあたりに良い菅を産したとみえて、年々国司に献じた、とある。

水鳥のつららの枕ひまもなしむべさへけらし十符の菅菰　源経信（金葉集）

古歌には十符の浦とも詠んでいる。

まれにだに十符の浦風訪れば野田の松峯《まつがね》かたしきやせん　鴨長明（弘安百首）

塩竈

〔原文〕それより野田の玉川・沖の石を尋《たづ》ぬ。末の松山は寺を造《つくり》て末松山《まつしようざん》といふ。松のあひ〳〵皆墓はらにて、はねをかはし枝をつらぬる契《ちぎり》の末も、終《つひに》はかくのごときと悲しさも増《まさ》りて、塩がまの浦に入相《いりあひ》のかねを聞《きく》。五月雨《さみだれ》の空聊《いさゝか》はれて、夕月夜《ゆふづくよ》幽《かすか》に、籬《まがき》が嶋《しま》もほど近し。蜑《あま》の小舟《をぶね》こぎつれて、肴《さかな》わかつ聲々《こゑ〴〵》に、「つなでかなしも」とよみけん心もしられて、いとゞ哀《あはれ》也。其《その》夜、目盲《めくら》法師の琵琶をならして奥上《おくじやう》るりと云《いふ》ものをかたる。平家《へいけ》にもあらず舞《まひ》にもあらず、ひなびたる調子うち上《あげ》て、枕ちかうかしましけれど、さすがに邊土《へんど》の遺風《ゐふう》忘れざるものから、殊勝《しゆしよう》に覚《おぼえ》らる。早朝塩がまの明神《みやうじん》に詣《まうづ》。國守再興せられて、宮柱《みやばしら》ふとしく彩椽《さいてん》きらびやかに、石の階《きざはし》九仭《きうじん》に重《かさな》り、朝日あけの玉がきをかゝやかす。かゝる道の果塵土《はてぢんど》の境《さかひ》まで、神霊《しんれい》あらたにましますこそ、吾《わが》國の風俗なれといと貴《たふと》けれ。神前に古き宝燈有《はうとうあり》。かねの戸びらの面《おもて》に「文治《ぶんぢ》三年和泉《いづみの》三郎奇(寄)進」と有《あり》。五百年來の俤《おもかげ》、今目の前にうかびて、そゞろに珍《めづら》し。渠《かれ》は勇義忠孝の士《し》也。佳命《かめい》今に至りて、したはずといふ事なし。誠《まことに》人能《よく》道を勤《つとめ》、義を守《まもる》べし。「名もまた是《これ》にしたがふ」と云《いへ》り。

〔訳〕それより野田の玉川・沖の石を尋ねた。末の松山は、そこに寺を建てて末松山《まつしょうざん》という。松の間は点々と墓のある原で、長恨歌に翅《はね》を交わし枝を連《つら》ねと詠んだ男女の契りの末も、ついにはこうなるものと悲しさがこみ上げてきた。塩竈《しおがま》の浦では入相の鐘を聞いた。五月雨の空がやや晴れて、夕月が幽《かす》かにかかり、籬《まがき》が島も近くに見える。漁師たちの小舟が漕ぎつれて帰ってきて、魚を分けている声を聞くと、「綱手かなしも」と詠んだ古人の心も推しはかられて、あわれが深い。その夜、盲法師が琵琶を鳴らして奥浄瑠璃というものを語るのを聞いた。平家琵琶でも、幸若舞《こうわかまい》でもない。ひなびた調子の声を張り上げ、枕もとでは少々やかましいが、さすがに辺土に残る遺風を忘れず伝えていると考えると、殊勝なことに思われてきた。

早朝、塩竈明神に詣でた。領主が再興されて、宮柱もいかめしく、彩色した垂木《たるき》もきらびやかで、石段は高く重なり、朝日が朱色の玉垣を輝かした。このような道の果て、国の境界にまで、神霊あらたかにましますことこそ、わが国の美俗であることが思われて、たいへん貴く感じ入った。神前に古い宝燈がある。鉄の扉の面に「文治三年和泉三郎寄進」とある。五百年も前の様子が、いま眼の前に彷彿として、何となく珍しく眺められた。彼は勇義忠孝の士である。その名は今に至って、万人にしたわれている。まことに人は、道にかなって行動し、節義を守るべきである。そうすれば、名もまたおのずからこれに従うものだと、古人も言っている。

〔鑑賞〕野田の玉川は宮城県多賀城市の近郊。『大日本地名辞書』（吉田東伍）によると、多賀府城の東南の汎名《はんめい》で、昔は川があったらしい。

　夕されば汐風こしてみちのくの野田の玉川千鳥鳴くなり　　能因法師（新古今集）

　みちのくの野田の玉川見渡せば汐風こしてこほる月影　　順徳院（続古今集）

沖の石は宮城県多賀城市にその遺跡と伝えるところがある。

　我が袖は汐干に見えぬ沖の石の人こそ知らね乾く間もなし　　二条院讃岐（千載集）

末の松山は同じく多賀城市八幡にある末松山宝国寺の後ろの末の松山八幡宮砂丘にその遺跡と伝えられるところがある。

　君を置きて仇《あだ》し心を我が持たば末の松山波も越えなむ　　（古今集大歌所御歌）

　契りきなかたみに袖をしぼりつつ末の松山波こさじとは　　清原元輔（後拾遺集）

塩竈は今塩竈市。塩竈の浦を千賀《ちか》の浦ともいう。

みちのくはいづくはあれど塩がまの浦こぐ舟の綱手かなしも　（古今集東歌）

松島

〔原文〕日既午《すでにうま》にちかし。船をかりて松嶋にわたる。其《その》間二里餘、雄嶋《をじま》の磯につく。

抑《そもく》ことふりにたれど、松嶋は扶桑《ふさう》第一の好風《かうふう》にして、凡洞庭《およそとうてい》・西湖《せいこ》を恥《はぢ》ず。東南より海を入《いれ》て、江《え》の中《うち》三里、浙江《せつかう》の潮《うしほ》をたゝふ《(湛)》。嶋々の数を盡《つく》して、欹《そばだつ》ものは天を指《ゆびさし》、ふす《(伏)》ものは波に匍匐《はらばふ》。あるは二重《ふたへ》にかさなり三重《みへ》に疊《たゝ》みて、左にわかれ右につらなる。負《おへ》るあり抱《いだけ》るあり、兒孫《じそん》愛すがごとし。松の緑こまやかに、枝葉《しえふ》汐風《しほかぜ》に吹《ふき》たは《(わ)》めて、屈曲《くつきよく》を《(お)》のづからため《(矯)》たるがごとし。其《その》氣色《けしき》窅《えう》然《ぜん》として美人の顔《かんばせ》を粧《よそほ》ふ。ちはや振《ぶる》神のむかし、大山《おほやま》ず《(づ)》みのなせるわざにや。造化《ざうくわ》の天工《てんこう》、いづれの人か筆をふるひ詞《ことば》を盡《つく》さむ。

雄嶋《をじま》が磯は地つゞきて海に出《いで》たる嶋也。雲居禪師《うんごぜんじ》の別室《べつしつ》の跡、坐禪石《ざぜんせき》など有《あり》。将《はた》、松の木陰《こかげ》に世をいとふ人も稀々《まれく》見え侍りて、落穂《おちぼ》・松笠《まつかさ》など打《うち》けぶりたる草の庵《いほり》閑《しづか》に住《すみ》なし、いかなる人とはしられずながら、先《まづ》なつかしく立寄《たちよる》ほどに、月海にうつりて、昼のながめ又あらたむ。江上《かうしやう》に歸りて宿を求《もとむ》れば、窓をひらき二階を作《つくり》て、風雲《ふううん》の中に旅寐《たびね》するこそ、あやしきまで妙《たへ》なる心地《こゝち》はせらるれ。

松嶋や鶴に身をかれほとゝぎす　曾良

予は口をとぢて眠らんとしていねられず。旧庵をわかるゝ時、素堂《そだう》松嶋の詩あり。原安適《はらあんてき》松がうらしまの和歌を贈らる。袋を解《とき》てこよひの友とす。且杉風《かつさんぷう》・濁子《だくし》が發句あり。

十一日、瑞岩寺《ずゐがんじ》に詣《まうづ》。當寺三十二世の昔、眞壁《まかべ》の平四郎出家して、入唐歸朝《につたうきてう》の後《のち》開山す。其《その》後に雲居禪師《うんごぜんじ》の徳化《とくげ》に依《より》て、七堂甍《いらか》改《あらたま》りて、金壁荘嚴《こんぺきしやうごん》光を輝《かゝやかし》、仏土成就《ぶつどじやうじゆ》の大伽藍《がらん》とはなれりける。彼見仏聖《かのけんぶつひじり》の寺はいづくにやとしたはる。

〔訳〕　日はすでに正午に近い。船を借りて松島に渡った。その間二里余り、雄島《おじま》の礒に着いた。

一体、言い古されたことだが、松島は日本第一の佳景で、決して洞庭《どうてい》・西湖《せいこ》に較べても劣ることはない。東南から海が湾入して、入江の中は三里四方、その中にあの浙江のような潮《うしお》をたたえている。島々が無数にちらばり、そばだつものは天を指し、伏すものは波にはらばっている。あるいは二重・三重に重なり合って、左の島と離れているかと思えば、右の島に連なっている。小さな島を背負ったもの、抱いたものがあり、子や孫を愛撫しているようである。松の緑がこまやかで、枝葉は汐風に吹きたわめられて、曲った枝ぶりはおのずから矯《た》めた恰好をしている。その風情は物思いに沈んだようで、美人の粧った顔のように美しい。神代《かみよ》の昔、大山祇《おおやまつみ》の仕業《しわざ》だろうか。造化の神の巧みは、誰が画筆をふるい、詞《ことば》をつくして表現することが出来ようか。

雄島の磯は陸から地つづきで海に出た島である。雲居《うんご》禅師の別室の跡や坐禅石などがある。また、松の木陰に出家遁世している人もまれに見られて、落穂・松笠などを焼く煙が立っている草庵に閑《しず》かに住まいし、どんな人とも分らないながら、まず懐かしく思われて立ち寄ると、月は海に映って、昼の眺めとはまた変った趣であった。入江のほとりに帰って宿を求めると、窓を開いた二階家で、自然の風景の中に旅寝することで、言うに言われぬ霊妙な気持になってくるのだった。

松島や鶴に身をかれほとゝぎす　曾良

（古人は「千鳥も借るや鶴の毛衣」と言っているが、この松島の佳景では、時鳥も美しい鶴の身を借りて、島々の上を鳴き渡れ。）

私は句が浮ばず、眠ろうとしたがねられない。旧庵を出で発ったとき、餞別に素堂は松島の詩《うた》を、原安適《はらあんてき》は松が浦島の和歌を贈ってくれた。頭陀袋《ずだぶくろ》を解いてそれらを取り出し、今宵の友とした。また杉風・濁子の松島の発句もあった。

十一日、瑞巌寺《ずいがんじ》に詣でた。この寺は三十二世の昔、真壁《まかべ》平四郎が出家して、入唐《にっとう》帰朝の後開山したものである。その後に雲居禅師の徳化によって、七堂の建物も改築され、金壁《こんぺき》や仏前の装飾が光を輝かし、この世に浄土を出現させたような大伽藍となった。またあの見仏《けんぶつ》聖人の住んでいられた寺は一体どこなのだろうと、慕わしく思われるのだった。

〔鑑賞〕 五月九日塩竈から舟で松島に着いた。その日は瑞巌寺に詣で、島々をめぐり、八幡社や五大堂を見、松島に一泊した。江戸を発つ時から松島と象潟《きさかた》の景色を見ることが目的として意識されていた。だが松島では芭蕉は不思議に句が出来なかったらしい。ただし、

島ぐゝや千々にくだけて夏の海　（蕉翁文集）

という句が出来たが、さして芭蕉の意に充《み》たない句であった。それで「紀行」では、松島の描写の方では改まった態度で文を彫琢《ちようたく》した。句の方は曾良の句を借りて済ませた。

この「松島や」の句は『猿蓑』にも収められ「松島一見の時千鳥もかるや鶴の毛衣とよめりければ」という前書をつけて収められている。松島で鳴き過ぎるほととぎすの声をきいたのか、松島の佳景にはほととぎすの一声はまことにふさわしいが、「身」の方はやや不足に思われる。姿のいい鶴に身を借《か》れよ、とほととぎすに言いかけたもの。詞書の「千鳥もかるや」というのは鴨長明の『無名抄』に見え、「千鳥もきけり鶴の毛衣」とある。だがこの歌の上の句はわからない。「予は口をとぢて眠らんとしていねられず」とあり、松島の絶景が瞼に浮んで眠ろうとしても眠られず一句も出来なかった、と言っているので、できなかったことが松島の佳景の最高の賛辞と

なっているのだ。

松島は日本三景の一つ。

松島や雄島の磯にあさりせし海人の袖こそかくはぬれしか　源重之（後拾遺集）

平泉

〔原文〕 十二日、平和泉《ひらいづみ》と心ざし、あねはの松・緒《を》だえの橋など聞傳《きゝつたへ》て、人跡稀《じんせきまれ》に、雉兎蒭蕘《ちとすうぜう》の往《ゆき》かふ道、そこともわかず、終《つひ》に路《みち》ふみたがえ（へ）て、石《いし》の巻《まき》といふ湊《みなと》に出《いづ》。こがね花咲《さく》とよみて奉《たてまつり》たる金花山《きんくわざん》海上に見わたし、數百の廻船《くわいせん》入江《いりえ》につどひ、人家地《ち》をあらそひて、竈《かまど》の煙立《たち》つゞけたり。思ひがけず斯《かゝ》る所にも來《きた》れる哉《かな》と、宿からんとすれど更に宿かす人なし。漸《やうく》まどしき小家《こいへ》に一夜をあかして、明《あく》れば又しらぬ道まよひ行《ゆく》。袖のわたり・尾ぶちの牧《まき》・まのゝ萱《かや》はらなどよそめにみて、遙《はるか》なる堤を行《ゆく》。心細き長沼にそふ（う）て、戸伊摩《といま》と云《いふ》所に一宿して、平泉《ひらいづみ》に到る。其《その》間廿余里ほどゝおぼゆ。

三代の栄耀《えいえう》一睡《いつすゐ》の中《うち》にして、大門《だいもん》の跡は一里こなたに有《あり》。秀衡《ひでひら》が跡は田野《でんや》に成《なり》て、金鶏山《きんけいざん》のみ形を残す。先《まづ》高館《たかだち》にのぼれば、北上川《きたかみがは》南部より流るゝ大河《たいが》也。衣川《ころもがは》は和泉《いづみ》が城《じやう》をめぐりて、高館の下《もと》にて大河に落入《おちいる》。康衡《やすひら》等が旧跡は、衣《ころも》が関《せき》を隔《へだて》て南部口《なんぶぐち》をさし堅め、夷《えぞ》をふせぐとみえたり。偖《さて》も義臣すぐつて此《この》城にこもり、功名一時《いちじ》の叢《くさむら》となる。「国破れて山河あり、城春《じやう》にして草青みたり」と笠打敷《うちしき》て、時のうつるまで泪《なみだ》を落し侍りぬ。

夏草や兵《つはもの》どもが夢の跡

卯の花に兼房《かねふさ》みゆる白毛《しらが》かな　曾良

兼《かね》て耳驚《おどろか》したる二堂開帳《かいちやう》す。經堂《きやうだう》は三将の像をのこし、光堂《ひかりだう》は三代の棺《ひつぎ》を納め、三尊《さんぞん》の佛を安置す。七宝散《しちはうちり》うせて、珠《たま》の扉《とびら》風にやぶれ、金《こがね》の柱霜雪《さうせつ》に朽《くち》て、既頽廢空虚《すでにたいはいくうきよ》の叢《くさむら》と成《なる》べきを、四面新《あらた》に囲《かこみ》て、甍《いらか》を覆《おほひ》て風雨を凌《しのぐ》。暫時千歳《しばらくせんざい》の記念《かたみ》とはなれり。

五月雨《さみだれ》の降《ふり》のこしてや光堂

〔訳〕十二日、平泉へと志し、姉歯《あねは》の松・緒絶《おだえ》の橋など聞き伝えて、人跡も稀で猟師・樵夫《きこり》などの往《い》き来する道を、どことも知らず行くうちに、とうとう道を踏み違えて、石の巻という港に出た。大伴家持が「黄金《こがね》花咲く」という歌を詠んで天皇に献《たてまつ》った金華山を海上に見渡し、数百の廻船が入江に集り、人家がぎっしりと立ち並び、竈《かまど》の煙がずっと立ちのぼっている。思いがけなくこんなところへやって来たものだと、宿を借りようとするが、さらに貸してくれる人もない。やっと貧しい小家に一夜を明かして、明くればまた知らぬ道を迷いながら進んだ。袖の渡り・尾《お》駁《ぶち》の牧・真野の萱原などをよそ目に見て、遥かにつづく堤を歩いた。心細くなるような細長い沼地に沿うて、登米《とよま》というところに一宿し、翌日平泉に着いた。そのあいだ、二十余里ほどと思われた。

三代の栄華も一睡のうちに過ぎて、今は廃墟を残すのみの大門の跡は一里ほど手前になる。秀《ひで》衡《ひら》の館《たち》の跡は田野と化し、金鶏山《きんけいざん》だけが形を残している。まず高館《たかだち》に登ると、北上川は南部領から流れる大河である。衣川は和泉《いずみ》が城《じょう》をめぐって、高館のもとで大河に落ち入る。泰衡《やすひら》の旧蹟は、衣が関を隔てて南部口をさし抑え、蝦夷の侵入を防ぐと見えた。さて、よりすぐった義臣たちがこの高館に籠り、その華々しい功名もただ一時のことで、今は茫々とした草原となった。「国破れて山河あり、城春にして草青みたり」（杜甫）とばかり、笠を敷いて腰をおろしたまま、時の移るのも忘れて涙を落としていた。

夏草や兵《つはもの》どもが夢の跡

（今は夏草ばかりが生い茂ったこの岡は、かつてはつわものどもが華々しく戦い、功名を夢見た、その夢の跡である。）

卯の花に兼房《かねふさ》みゆる白毛《しらが》かな　　曾良

（卯の花が白く咲いているあたり、かつて高館での最後の戦いに華々しい働きをして討死した、白髪の増尾十郎権頭《ごんのかみ》兼房の姿が、面影に立ち現れてくる。）

かねて耳にして驚かされた光堂と経堂が開かれていた。経堂は三将の像を残し、光堂は藤原三代の棺《ひつぎ》を納め、三尊仏を安置してある。七宝は散り失せ、珠玉をちりばめた扉も風に傷み、金の柱も霜雪に朽ちて、すでに頽廃して空しい叢《くさむら》となるべきところを、堂の四面を新たに囲い、甍《いらか》を覆って風雨を凌《しの》いだ。その結果しばらくは千年の記念として残された。

五月雨の降り残してや光堂

（五月雨のころ、私は平泉へやって来た。毎年の五月雨が降り残して、このように輝かしく残されているのであろうか、この光堂は。）

〔鑑賞〕　あねはの松は栗原郡金成《かねなり》町姉歯にあった松。

栗原のあねはの松の人ならば都のつとにいざと云はましを　在原業平（伊勢物語）

緒絶《おだえ》の橋は今古川《ふるかわ》市内にある小橋である。仙台から平泉へ行く途中である。

みちのくの緒だえの橋やこれならむ踏みみ踏まずみ心惑はす　左京大夫道雅（後拾遺集）

金華山は牡鹿《おじか》半島の先にある島。昔歌枕であった「陸奥山《みちのくやま》」をこれに擬するのは誤りである。

かつて、黄金《こがね》を産したのはこの山ではない。金華山には現在も黄金神社があるが、実際の採金地は遠田《とおだ》群涌谷《わくや》町字金箔である。

すめろぎの御代栄えむとあづまなるみちのく山に黄金花咲く　大伴家持（万葉集）

袖のわたりは北上川の渡しである。今石巻市住吉町大島神社に遺跡がある。石巻から真野へ渡る渡しである。

みちのくの袖のわたりの涙がは心のうちに流れてぞすむ　相模（新後拾遺集）

尾駮《おぶち》の牧《まき》は小斑《おぶち》の牧。石巻の東一里ほどの丘で牧《まき》山という。

みちのくのをぶちの駒も野飼ふにはあれこそまされなつくものかは　読人知らず（後撰集）

真野の萱原は牡鹿郡稲井《いない》町真野。水沼の東の山の中である。

みちのくの真野の萱原遠けどもおもかげにして見ゆといふものを　笠女郎（万葉集）

まだ見ねばおもかげもなしなにしかも真野の萱原露乱るらむ　権大納言顕朝（続古今集）

「夏草や」の句は、五月十三日、平泉での作。芭蕉の奥の細道の旅は、表側では平泉に至ってその北限に達し、裏日本では象潟に至ってその北限に達する。『幻住庵記』の初稿に「猶善知鳥啼《うとうなく》外《そと》の浜辺より、ゑぞが千しまをみやらんまでと、しきりにおもひ立《たち》侍るを、同行曾良何某《なにがし》といふもの、多病心もとなしなど袖ひかゆるに心よわりて」と書いているから、南部外《そと》ヶ浜《はま》までも行ってあわよくば北海道まで、と思わなかったわけではない。だが出立の前から、松島と象潟を二つの目標地にしていたと思われる。この二つがまずは心に抱いた北限に地であった。ところが実際には、松島から石巻を経て平泉まで行った。これは道々奥州路に残された義経伝説に心を動かされ、その物語と歴史への追懐の気持が義経最期の地である平泉まで志さしめるに至ったのであろう。

『猿蓑』にはただ「奥州高館にて」と詞書している。「紀行」の前文は心をこめて書いた名文である。高館は中尊寺の外にある小高い丘でここに義経主従の館《たち》があった。この丘に上ると北上川が真下に見え、芭蕉はここで「国破れて山河あり」という杜甫の詩などを思い浮べながら、回顧の情に浸っている。泰衡の裏切りで義経主従はここで壮烈な討死をとげるのだが、そのことは『義経記』にも舞の本の『高館』にも語られている。古戦場とは一種の霊地で、そこで命を落した兵《つわもの》たちの瞋恚《しんい》執心が残った修羅場である。能の修羅物も源平の武将の修羅の苦患《くげん》を描いているが、やはり土地の神霊を慰めるという発想の上に立っている。芭蕉のこの句にもこのような発想の伝統が伝わっている。

義経主従の伝説は東北の庶民たちの間に続いてきた心の伝承だから、芭蕉は自分を東北の庶民と同じ場に立たせて、追懐と慰霊の一句を作った。『細道』の前文と合せてこの一句はこの「紀行」の頂点であった。

「卯の花に」の句は同じ時の作である。兼房は義経の北の方の乳人《ちちうど》増尾十郎権頭兼房で、白い直《ひた》垂《たれ》に褐染《かちんぞめ》の袴を着、白髪《しらが》まじりの髻《もとどり》を引き乱し、兜巾《ときん》をうち着て、義経の北国落ちに従い、高館では義経夫婦の最期を見届けた後、館に火を放ち、火中に入って、壮烈な戦死をとげた。この句は折から白く咲いている卯の花をとり合せて兼房の最期の奮戦のさまを思い描き、その乱れた白髪を瞼に浮べているのである。卯の花の白を白髪に思い寄せたのは昔から卯の花を白髪にたとえた和歌の伝統があるからであろう。「兼房みゆる」といったのは曾良も芭蕉の義経熱が感染して『義経記』や幸若《こうわか》舞の高館最期の情景を必死に思い浮べているのである。

五月十二日の夕刻に、芭蕉は一関《いちのせき》についた。その日は曇っていたが、途中、合羽もとおるほどの強い雨が降った。翌日は晴れたので、平泉へ行って、高館、衣川、中尊寺などを見た。

中尊寺は藤原清衡が建てたもので、藤原氏三代の平泉文化をいまに伝える光堂が残っている。奥州は古くからの金の産地だったので、中尊寺は建物も仏像も、すべて金銀螺鈿《らでん》をちりばめ、荘厳な金色浄土を現出させた。建武四年に野火で焼けたが、金色堂と経堂の一部だけは焼け残った。金色堂は、方三間、清衡が自分の葬所として建てたもので、四壁も、内殿も、みな黒漆《うるし》の上に金箔をほどこし、清衡・基衡・秀衡三代と泰衡の首級《しゅきゅう》のミイラが収めてあった。正応元年に、堂の朽廃を防ぐために套堂《さやどう》をこしらえて、四面をかこんだ。

芭蕉の「五月雨の」の句のはじめの形は、

五月雨や年々降りて五百たび

であった。平泉文化の豪華なごりを眼前に見て、かれは奥州五百年の歴史を回想するのである。この句はいかにもまずいが、まずいだけに発想の動機が露骨に示されている。改作されて、その発想は底に沈潜して深みを増した。五百年以来、五月雨に降られながら、朽ちもしないでいまだに光り輝いている、というほどの意味である。「降る」には「経る」の意味が、いくらかかかっていると見てよい。

実際には、光堂は套堂におおわれているのだから、五月雨のなかに光り輝く姿を、作者が見たはずもない。また、実際に雨が降ったのは前日のことで、この日は晴れていた。だが、芭蕉は詩人としての特権で、散文的な套堂などは詩としてのイメージのなかから取り除いてしまう。また、勝手に雨を降らせて、暗い五月闇のなかに輝く光堂の姿を、対照させる。

「五月雨のふり残してや」というのは、作者が胸中にはっきり光堂の存在感を受け取っている重みが感じられる。「五月雨のふり残して、光堂はかくあるにや」という意味である。こういう「てや」の使い方は、悪くするといやな臭味がともなうので、現代俳人はあまり使わない。だが、この「てや」は成功している。口のなかでつぶやいてみながら、長い歴史を負った光堂の存在感をたしかめ、自分に納得させているような意味合いがある。

高館

この稿、雑誌「批評」(昭和十八年刊)に掲載されたもの。

三代の栄耀一睡の中にして、大門《だいもん》の跡は一里こなたに有。秀衡が跡は田野に成て、金鶏《きんけい》山《ざん》のみ形を残す。先高館《まづたかだち》にのぼれば、北上川南部より流るゝ大河也。衣川は和泉《いづみ》が城《じやう》をめぐりて、高館の下にて大河に落入。康衡《(泰)》等が旧跡は衣が関を隔《へだて》て南部口をさし堅め、夷《えぞ》をふせぐとみえたり。偖《さて》も義臣すぐつて此城にこもり、功名一時の叢《くさむら》となる。「国破れて山河あり、城春にして草青みたり」と、笠打敷て、時のうつるまで泪を落し侍りぬ。

夏草や兵どもが夢の跡

『奥の細道』の中でも平泉のこの一節は、知らない人も少ないだろうが、読み返す度毎に新しい感動の高鳴りを覚えるのである。千里に旅して古戦場の跡に万斛《ばんこく》の泪止めあえぬ翁の情懐の深さ、濃《こま》やかさを、夏草の一句の響きの中には読み取ることが出来るのだ。平泉三代の栄耀と慌《あわただ》しいその没落、殊にその没落劇中のクライマックスとも言うべき高館に於ける義経主従の悲しい最期——草深い陸奥《みちのく》に語り伝える民族の哀史が、恐らくは翁の此度の大旅行発願に当っての「道祖神の招き」なのではなかったか。秋風吹くと能因法師の歌に名を止めた白河の関を打ち越えることが、既に不退転の一大決意を要した。同行の曾良に止められて思い止りはしたが、蝦夷が千島の見ゆるあたりまでもと彼が思い逸《はや》った時、『御曹子《おんぞうし》島わたり』の跡を慕う心が仄《ひそ》かに在ったかも知れぬとさえ思うのである。

民族が生活を営んでいるいや果ての地帯に義経への信仰と物語とが根を卸《おろ》し、『義経記』のような文学を華咲かせたということは、一つの驚異と思えたであろう。あちらの素朴な村人達が、義経主従の物語をあのようにも暖く育《はぐく》み世々語り伝えて来たかなしいしおらしさは、人情風俗の機微を知り尽したあのわけ知りの「をきな」の魂に触れなかった筈はないのだ。『奥の細道』は平泉、即《すなわ》ち高館と中尊寺とがなかったら、仮に笑うが如き松島、恨むが如き象潟《きさかた》の絶景があったとしても、感動の意味は弱いであろう。少なくとも平泉の件《くだ》りに『細道』の旅の頂点を見ることは、先に引用した一文の響きの高さからも納得してよいことだ。そしてそれは同時に芭蕉の打ち樹《た》てた俳諧精神の或本質的な面を捉えることにもなる。日本全国の土に根ざしてしおらしく、また豊かに咲き出でた庶民子女の美意識の発見、そしてそれへの驚きと共感との深さが、少なくともあんなにまで漂泊の思いに誘われ続けた彼の心情の根にはあったのだ。

旅は単に未知の風光に接することだけではない。それはまた人間の歴史と運命とを我々に教えるのである。吟行なんぞと称してけちな風景画を探して歩いている手合は、所詮芭蕉の旅を栖《すみか》とし、旅に果てることを思った悲しい心ばえとは無縁である。月日は百代の過客にして、行き交《か》う年も旅人との述懐には、芭蕉が、神に憑《つ》かれたように漂泊の境涯を思いつめた詠歎が打ち籠っている。「命なりけりさやの中山」と歌った人は、彼が片時も思いを離さなかった文学系譜上の先達であった。が、芭蕉の先蹤《せんしょう》は何も西行や宗祇だけではなかったのである。有間皇子・麻績王《おみのおおきみ》、または人麿・赤人・黒人の昔は問わぬとしても、業平や篁《たかむら》や実方《さねかた》や、或は小町・和泉式部と言った王朝高名の詩人・文士・美女たちが、諸国の口碑に依って広汎な足跡を残した旅行者として印象づけられているのも、日本文学史の或一面を確かに物語っているのである。旅の歌と言えば、「旅にしあれば椎の葉に盛る」とか、「はるばる来ぬる旅をしぞ思ふ」とかいう古歌を直ぐにも思い出すのだが、これらの古歌が我々の想像以上に深い共感を後世人の心に喚《よ》び起しているのも、それらの中に民族の本情を的確に突いているものがあるからである。羇旅《きりょ》歌は『古今集』以来勅撰集の重要な部立てであり、紀行文は『土佐日記』以来我国の重要な文学ジャンルであった。道行文は近世の演劇にまで絶えず繰り返され、庶民子女の情操の養いとなったのである。日本文学の伝統に於て、少なくとも庶民の心に最も密接に触れ、その生活感情を美しく育て上げて来た文学の流れは、宗教的な旅行者の種蒔《ま》いたものであって、それは我民族性の上に強い色彩を残しているのだ。流離する神々をさえ思い描かねばならなかった我々の祖先は、どのような心からであったか。西行にしろ芭蕉にしろ、旅に憑かれ果てなき旅を思い描いたその一途さに於て、信仰者の情熱とも言うべきものを持っていた。畢竟《ひっきょう》それもこれも、此島国に於て誰にも懐しい魂の故郷である共通の土地に、共通の根生いとして咲き出た華であって、芭蕉や西行の真の国民詩人としての心ばえの奥深さを、そういう点からも思いみることが出来るのである。

潁原退蔵氏の編纂した岩波文庫本の『芭蕉俳句集』には、『白馬集』なる撰集の中で夏草の句に冠してある前書を録してある。「さてもそののち御ざうしは、十五と申はるの比《ころ》、鞍馬の寺を忍び出、あづまくだりの旅衣、はるけき四国西国も、此高館の土となりて、申ばかりはなみだなりけり」——潁原氏の注に依れば、恐らく此集の撰者が付したものかと言う。此拙《つたな》い文辞は勿論芭蕉のものではないが、「さてもその丶ち」と古浄瑠璃の常套文句を彼の句の感銘から導き出したことに於て、或意味では芭蕉の心懐に期せずして触れているものがあるのである。

古浄瑠璃でも幸若《こうわか》でも『高館』は重要な曲目であった。我民族の生活感情を親しく結合し、民族性として共通の色に染め上げるのに、宗教的な旅行者の手で全国津々浦々にまで持ち運ばれた語り物文芸程、与《あずか》って力のあったものはなかったのだ。とは言え西国は平家に、東北は義経に、関東は曾我兄弟にと、郷人の贔屓《ひいき》心の異なるものはあったのだが、同じく悲しい古戦場の跡に手向けられた民族の廻向《えこう》の文学である点に変りはなかった。早く宮廷文化の洗煉を受けた『平家』は別として、『義経記』や『曾我物語』には土の匂が強い。編纂されてあの大冊をなしたのは京都に於てであるとしても、その主要な部分が生れ立ったのは夫《それ》夫《ぞれ》東北の辺土であり、富士山麓の村々であった。芭蕉の俳諧精神とは俗談平話の精神であって、そこには土の香の中に生れ育った庶民子女と感懐を一つにして、而《しか》もそれをばおおらかな心根に包み籠《こ》めようとした者の情愛が豊かに波打っている。彼の俳諧は直《じ》かに深く庶民生活の諸相に触れているが、それは単に彼等の生活記録と呼ぶべきものではない。そこでは庶民の生活様相・生活感情の採集者が、同時にそれへの総合者・組織者として現われているのである。だから民芸の大成者と言うべき世阿弥や近松と芭蕉の位置とは、実はさまで隔ったものではなかったのだ。

　謡曲や浄瑠璃が何故あれ程までに平家や義経や曾我の物語に執着し、繰り返し同じ畑に鋤《すき》を入れて来たのか、こういうことを考えてみるのも、日本文学史の重要な一面を把握することになるのである。

＊

私の『義経記』への愛着は、柳田国男先生の「東北文学の研究」に接した時から始まる。もっと正確に言えば、大学に於て折口信夫先生の「熊野聖の文学」という題目での特殊講義を聴いた時に始まる。同時に舞の本の『高館』の課外演習も受けた。これらから私の『義経記』へのイメージは基礎を与えられた。「東北文学の研究」は『雪国の春』に収められているから大方の眼に触れていることと思うが、私は其頃雑誌の切抜を借りて来て読んだ。あれ程の『義経記』論を私は未だ知らないのである。それは熊野の信仰と東北の土地とを基礎として『義経記』が成り立った様を述べているのだが、筆者の『義経記』へ寄せる愛情が滾々《こんこん》として湧き出るようである。東北の庶民子女の記憶の中に、如何《いか》にして義経や弁慶や忠信や鈴木・亀井兄弟や、また兼房・喜三太《きさんだ》・常陸坊《ひたちぼう》に至るまでの人物像が潑剌と形成され、暖く伝承されて来たかを、此一篇は略々《ほぼ》遺憾なく語り尽しているのだ。

「義経記の主要な部分が、京都に持つて出て恥かしくない程度にまで、既に奥州の地に於て成熟して居たのは、独り語り手の技芸と熱心との力のみで無く、久しい間ちやうど頃合の聴衆が地元にあつて、何度も〳〵所望して語らせて居るうちに、追々に話が斯うなつたのである。それには勿論多くの天才の空想と、多くの怜悧なるボサマたちの暗記とを必要としたのだが、更に其背景には住民の家を愛し又祖先を思慕するの情と、熊野の信仰とが潜んで居たのである。歴史の記録中に何の証拠も無いばかりか、寧《むし》ろ彼とは矛盾するやうな言ひ伝へが、うそでも無ければ又作り話でも無く、時としては之に基づいて、正史を増補し新訂せんとするまでの、実力を具へて来たといふのには、別に又それだけの理由があつたわけである。」——結局『義経記』への私の理会も愛情も、此一文の指示する線に添うて形作られただけだ。そしてそれがまた『平家』『曾我』『太平記』のような類似の口唱《こうしょう》文学ばかりでなく、広く日本文学に対する新しい眼と新しい心とを啓《ひら》き、引いては国土に対する愛情を固める一助ともなったのである。

嘗《かつ》て折口先生が講義の折に挿話的に話された次のようなことを今でも覚えている。東北の村で、芝居を打つのに、仮にそれが『太功記』であったとしても、観衆は先ず義経を登場させなければ承知しないのであった。結局「さして用事のあらざれば、再び奥へ入り給ふ」——こんな文句を言って義経を引き込ませそこで愈々《いよいよ》本物の十段目が悠々《ゆうゆう》と始まるのだ。「さして用事のあらざれば」のユーモアが、思い出す度に私を微笑《ほほえ》ませるのだ。

『太功記』であれ何であれお構いなしに、先ず義経を登場させないでは措《お》かなかった村人達の気持は、恐らく歴史への無智と言うものではない。寧ろ歴史への愛情と言うものである。それは芸能を演ずるに至って先ず神を祭り祖先を祀《まつ》ろうとする心であって、世に言う「判官贔屓」というようなものとは全く別の純朴さが感じられるのだ。『義経記』は「判官贔屓」の文学であるより、寧ろ判官を神とした文学なのだ。勿論贔屓の心も信仰の零落した形を見せているであろう。だがそこにはもっと深い、血の繋りへの意識があった。佐藤兄弟や鈴木兄弟の忠節の物語は、彼等に取っては家々の祖先の輝かしい武勲として、殊更《ことさら》深い感動を喚び起すことが出来たし、其儘《そのまま》素朴に信ずることも出来たのである。

高館の件《くだ》りは、私には『義経記』よりも舞の本の『高館』の方が感銘が深い。幸若に於ては専《もっぱ》ら鈴木兄弟と武蔵坊とが主役として大きく印象的に描き出されている。私の手許にある『義経記』（岩波文庫）では鈴木三郎の登場が唐突で、編輯上の脱落あるを思わせるが、舞の本では其処は殊更哀れ深く読まれるのである。四国・九州の合戦に従って高名を顕《あらわ》した鈴木は、紀州藤代《ふじしろ》が本領なれば安堵を申して所領に下り、義経の奥下向の時は弟の亀井六郎のみが従って、己れは知らずにいたのである。だが君の御事亀井が行方心許なく、七十五日という日数を重ねて高館の御所に着いたのが、明日は合戦という日の、折しも最後の酒宴の最中であった。義経はどうせ明日は死すべき軍《いくさ》であるし、お前は誰も見知るまいから熊野に帰れと薦《すす》めるのを、今日参り合う事は三世の奇縁朽ちせぬ故で、軍散じて罷り下り、君の御最期所で只一人すごすごと腹切るようなことになったら、なんぼう無念であったろうと、強《し》いて止まり、兄弟共に華々しく立ち働いて討死したのであった。「扨《さて》も高館殿には、宵までは侍八人、大将共に九人と聞こえしが、次ぐ日の御合戦に侍九人、大将共に十人の由来を委《と》く尋ぬるに、紀州熊野の住人に鈴木の三郎重家にて、物の哀を留めたり」——こういう切り出しで、それは判官と鈴木との最期の日に於ける不思議な苟且《こうしょ》ならぬ結ばれを述べるのである。熊野の出自である鈴木兄弟や弁慶は熊野人の信仰宣布の名残を止めるものであろうが、また弁慶三兄弟などと言って、三人が同胞であることを信じていた者もあったと言う。弁慶の最期も、幸若の方がより印象的であった。弁慶は日本民族が生み出した最も愛すべき伝説的英雄であるが、その最期の日にさえも屈託のない明るく鷹揚な挙措《きょそ》振舞いが、其処には彫刻的なまでにはっきりと大きく描き出されているのだ。

鈴木三郎の哀れ深い物語は、村人たちに義経との深い因縁をしみじみ回想する機縁を与えるものだった。鈴木が主君の最期の日に、偶然と言うより眼に見えぬ糸に手繰《たぐ》り寄せられるようにして廻り合わせたということに、人々は何時までも驚きの情を新たにし、歴史への回想と神々への祈念とを深めてもいた。高館に於ける鈴木兄弟、また屋島・吉野に於ける佐藤兄弟の忠節の物語は、東北の村々では祖先の記念として、家門の誉れとして聴き入りもし語り伝えもしたのであった。

歴史は懐疑からは生れないのである。「僕は歴史を書くにしても、嘘のない歴史などを書かうとは思はない。唯如何にもありさうな、美しい歴史さへ書ければ、それで満足する」と芥川の或作品に於けるピロニストは言うのであるが、凡《およ》そこのような構えが美しい歴史を創り出すとは到底思えないのである。美しい歴史を描きたかったら、古人の息吹き、英雄の筋肉の隆起をまざまざと再現するより外ないであろう。『義経記』の美しさは、東北の人達が家々に繋がる物語として素朴に光栄を信じたところに生れたのである。彼等は歴史発想の様式として物語・叙事詩の形しか知らなかった。だがそれ故にこそ、それは伝承することが同時に美しく育《はぐく》むことであるという潑剌たる様式の裡に形成されたのだ。だから『義経記』の成立原理は、規模に於て比較にならぬとしても、『古事記』の成立原理に通じるものがあるのだ。其処では武将の物語が同時に神々の物語でもあった。神々の悲しい流離の物語は、古くから民族の魂の養いとなって伝えられているのであった。『義経記』に御曹子得意の頂点が描かれてないのは、それが流離する幼神の信仰の名残を止めているものとは折口先生の推定説であるが、そのことが同時に為朝・義朝・義平・義仲等源氏の武将に特有の荒ぶる姿が義経にないことも、幼神の育み人とも言うべき武蔵坊が荒き弁慶として際立って雄偉に描き出されていることも、説明されることとかも知れない。

古戦場とは霊地であって、神々の寄り集う所である。神々の在ます所必ずそこには歴史が秘められ、文学の発生を促すのである。我々の古来の戦記文学は古戦場に根生いした祭の文学なのだ。古戦場には命を落した武人の瞋恚《しんい》執心が残って昼夜戦う音が絶えなかったのである。『曾我物語』に「されどもいまだ残る物は、兄弟の瞋恚執心なり。ある時は十良《じふらう》すけなりと名のり、あるときは五郎ときむねとよばゝり、昼夜たゝかふ音たえず、思はずに通りあはするもの、此よそほひを聞ては忽に死ぬるもあり、やうく〵よみがへるものも狂人となつて、兄弟のことばをうつして、苦痛離れがたしとなげくのみなり」とあるのは、物語発祥の由来を問わず語りに示しているものである。『平家』や『義経記』に於ても我々は略々《ほぼ》同様の事情を推察しても差し支えないのである。即ち壇の浦に於ても高館に於ても、人々の瞋恚執心が残って昼夜戦う声を人々は聞いたのだ。そして其処にはおのずからそれら勇士の言葉をうつして廻向の情を語り出す者が現われて来る道理であった。

古戦場とは修羅道であって、能であんなにも度々源平の武将を花鳥風月に作り寄せて修羅の狂いを演じたのも、元々古戦場の持つ一種の神秘感・崇高感から胚胎されたものなのだ。謂《い》わば土地を浄《きよ》め、神霊を慰める文学が様式として固定されたのだ。討死した武将の幽霊が修羅の苦患《くげん》を現じて示すということが、演能の現実味も幽玄味も一入《ひとしお》深めたのである。義経の最期の日に居合わせずして出奔した常陸坊が、何時までも生き延びて実際の見聞を語るという様式が、聴者には物語の現実味をまざまざと思い知らせたことでもあろう。常陸坊は幽霊ではないが、人は彼を衣川合戦の目撃者と信じて疑わなかった。居合わせなかった者が目撃した筈もないなぞという反問はどうでも宜《よろ》しい。兎に角義経の家来にして不幸にも生き延びた者、而《しか》も一種の「漂泊《さまよ》へる猶太人《ゆだや》」として何時までも生きねばならぬ宿運を荷った常陸坊が、己れの罪業の深さを懺悔するという様式に於て古い合戦の物語がなされたのである。だから謂わばこれも一種の修羅物なのだ。このような意味深い文学発想の様式は、私には庶民の叡知を語るものとしか思えないのである。

＊

高館の前塩竈《しおがま》で、芭蕉は奥浄瑠璃をきいた。「其夜、目盲《めくら》法師の琵琶をならして奥上るりと云ものをかたる。平家にもあらず舞にもあらず、ひなびたる調子うち上て、枕ちかうかしましけれど、さすがに辺土の遺風忘れざるものから、殊勝に覚らる」と書いている。これは旅愁の徒然というものではあるまい。現代文士が温泉宿か何かで、田舎芸者の鄙唄《ひなうた》を聴くなどという苟且《こうしょ》のものではなく、芭蕉はもっと重大なものを心で聴取っていた。そしてそれは平泉ではより鮮かな現実的な感動として結晶するのだ。

道順から言えば、瀬の上でわざわざ廻り道をして佐藤庄司が旧跡を尋ねたのは、またその前であった。「佐藤庄司が旧跡は左の山際一里半計に有。飯塚《いひづか》の里、鯖野《さばの》と聞て、尋《たづね》〳〵行くに、丸山と云《いふ》に尋あたる。是《これ》庄司が旧館也。梺《ふもと》に大手の跡など人の教ゆるにまかせて泪を落し、又かたはらの古寺に一家の石碑を残す。中にも二人の嫁がしるし先《まづ》哀也。女なれどもかひ〴〵しき名の世に聞えつる物かなと袂をぬらしぬ。堕涙の石碑も遠きにあらず。」これは継信《つぐのぶ》・忠信《ただのぶ》の亡き後、二人の妻女が甲冑《かっちゅう》を着て夫の姿に擬し、舅を慰めたという伝えが記されてあったのである。尚続けて「寺に入《いり》て茶を乞へば、爰《ここ》に義経の太刀、弁慶が笈をとゞめて什物とす。笈も太刀も五月《さつき》にかざれ帋幟《かみのぼり》」と一句手向けている。そして奥浄瑠璃を聴いた翌朝は塩竈明神参詣、「神前に古き宝燈有。かねの戸びらの面に「文治三年和泉三郎寄進」と有。五百年来の俤《おもかげ》、今目の前にうかびて、そゞろに珍し。渠《かれ》は勇義忠孝の士也。佳命今に至りてしたはずといふ事なし。誠《まことに》人能《よく》道を勤《つとめ》、義を守《まもる》べし。「名もまた是にしたがふ」と云《いへ》り。」和泉三郎は秀衡の三男忠衡であり、物語には和泉御曹子、和泉冠者《かじゃ》などと言われている。父の遺命を守り、義経への義を立て、兄泰衡の夜討に遭《あ》って果てた。これも『義経記』の遺を幸若・古浄瑠璃の『和泉が城』が補っている。芭蕉はこの義経のゆかりの勇士にも一片の廻向を忘れない。五百年を経て宝燈の扉に残る「和泉三郎寄進」の六文字に、彼はあやしいまでに胸打ちおののかす。かくして芭蕉の義経主従への追懐は、奥へ進み奥の手振りに馴染を重ねて行くと共に深まって行き、そして遂に高館の廃墟に立つのである。

　高館の廃墟に笠打ち敷きて、時の移るまで涙を落した芭蕉と、義経主従の物語に素朴に袂の袖を絞って来た匹夫匹婦とは、全く同じ場所に立っているのである。叢《くさむら》に坐して彼が描き出したものは、義経や弁慶や鈴木兄弟や、これらの兵《つわもの》たちの過ぎ行く幻影であろうが、それらはみちのくの草深い田舎で、民衆が数百年に亙《わた》って育んで来た映像と異なるものではない。慟哭が歴史を呼び起こすのだ。同行の曾良が「卯の花に兼房見ゆる白毛かな」と詠んだのも、芭蕉の感動に思わずつりこまれたのであろうか。だが彼が殊更に此の白髪交りの老武者を想起したのも、哀憐の深さを思わせる。十郎権ノ頭兼房は高館に籠った十人余りの勇士の中でも、唯一人主の自害を見届けた上で、敵の大将を左の脇に搔挟《かきはさ》んで炎の中に飛び入った。見事な最期であり、『義経記』の大団円に相応《ふさわ》しい。曾良が発句に兼房を選んだのも、芭蕉の長途に事《つか》えた彼の人柄が偲《しの》ばれる。彼はあたかも三尺の児童の如く純真に、「兼房見ゆる」とその忠節を弔うのである。

高館に於ける悲劇は、華かであった義経の短生涯の閉幕であるばかりでなく、奥羽の歴史に於てはもっと大きな事件、即ち藤氏三代の栄耀の崩潰の一齣でもあったのである。奥州文化の華かさを千古に伝えているものは中尊寺の金堂である。天治三年の金堂落成供養には、僧千余人の誦経の声が天に達した。奥州では希代のことである。数百年を経て辺土に唯一つ豪華を誇っている有様は、芭蕉が象徴的に詠《うた》ったように、五月雨に降り残されたといった姿であろう。此句の初案は「五月雨や年々降りて五百たび」であった。茲《ここ》には奥州五百年の歴史への回想と詠歎とがあらわであった。

「昔は十二年まで戦ひける所ぞかし、今度は僅に九十日の内に攻め落されけるこそ不思議なれ」と、『義経記』には藤氏滅亡の慌しさを語っている。十二年とは勿論前九年・後三年を通計した鷹揚な庶民的算法である。奥羽六十六郡の覇《はたがしら》たり、奥御館《おくのみたち》と称せられた藤氏九十余年の栄華は、僅かに類焼を免れた金堂・経蔵、其処に安置されてあったそこばくの仏像・経文及び清衡・基衡・秀衡三代と泰衡の首級《しゅきゅう》との木乃伊《ミイラ》を残して、槿花《きんか》一朝の夢と消えた。だが郷土の子女の胸に永く昔の物語を刻印するには、たった一つの記念物で充分であろう。光堂が人々に告げ知らせたものは、茲にも人間の喜びも悲しみも時の流れの中に呑み込んだ歴史というものが正しく在《あ》るということではなかったか。たった一つの木や石が様々の意味と陰翳とを生み出して、村々の歴史と神話とを創造するのだ。日本には司馬遷もツキジデスも出なかったが、このような大歴史家が出るには、余りに民族の歴史感覚が素朴な健さを以《もっ》て伝えられて来たと言えるだろう。

芭蕉が二堂開帳に行き逢ったのは果して偶然であったろうか。彼は夏草と光堂との二句を残しただけで、多くを語ろうとはしないのである。だが高館の一句を見ても、功名一時の叢と化した義経主従の遺跡に立って、人間の運命への遣方《やるかた》ない嗚咽《おえつ》の情を禁ぜんとして能わざりし様が見えるのである。恰《あたか》も彼の慟哭を裏書するかの如く、そこには光堂の金の柱が千載の記念として立っていた。『奥の細道』に並べて記された曾良の句と芭蕉の夏草の句とを読み合わすれば、感動の陰翳の深さと構想の雄大さとに於て格別の開きがあるだろう。そしてあの『白馬集』のさかしらな前書を、芭蕉の句への注釈として見れば、矢張り何か欠けているという物足りなさも認められるであろう。『義経記』は『平家物語』の弟分とも言うべき作品であるが、前者の素朴さは後者の陰翳と雄渾とに劣ること勿論であった。『平家』の洗煉は柳田先生の説かれるように、其舞台が京都から関門まで、瀬戸内海を取り繞《めぐ》らした最富裕の地方であり、また中古以来の文字教育の進路と略々《ほぼ》一致した御陰でもあったろう。だが取材的にのみ言っても、大廈《たいか》の顚《たお》るる如き平家一門没落の歴史と、華々しかったとは言え義経個人の一代記とでは、始めから比較にはならなかったのだ。そのような比較の上で『義経記』をあげつらうのは心ないわざである。そこには正しく東北の土に根生いして、長い間民情に触れつつ育って来たものの持つ文学的実感が籠っているのだ。それは『義経記』の絶対的な立派さである。そのようなものを誤りなく摑み、その上で更にそれを詩人の陰翳深い感動で包んだのが、芭蕉のあの一句ではなかったか。「三代の栄耀一睡の中にして」と、彼は先ず高館悲史の追懐を、『平家物語』的な構想の下に、人間の運命への深い詠歎を以て始めるのである。

芭蕉の生活の俳諧は結局歴史への情熱につながる道であった。庶民の胸に生きる感動を己れが心としている限り、芭蕉の俳諧は豊かなイメージと弾んだ呼吸づかいとに事欠かなかったのである。同じ『奥の細道』中の名吟、「荒海や佐渡に横たふ天の川」――例えば此句を人々は単に雄大な叙景と受け取るのであろうか。『奥の細道』には此句のあたり、「暑湿の労に神をなやまし、病おこりて事をしるさず」とあって記載がない。だが後に芭蕉は「銀河序」なる一文を作り、佐渡ヶ島に古来遠流《おんる》された貴賤数多《あまた》の人達に断腸の思いをなした事を記している。そういった人間歴史の悲しさへの回想が、此句を一層深い切実な感銘のものとしていることは争われぬのだ。そのようなことを注釈に依って言うのは批評精神の衰弱に違いないが、「佐渡」という言葉の持つ意味内容の含みは、歴史感覚の衰退した現代人と芭蕉とでは受け取り方が違うのだ。高館や佐渡は芭蕉が発見した新しい歌枕なのだ。それは嘗《かつ》て堂上の歌人には歌われたことのないものだった。そしてそのような新しい歌枕の一つも探り出すことが、取りも直さず俳諧師の務めであった。歌枕とは土地に対する帰依と愛情との産物であって、其処に鎮まる古人への廻向の衷情に外ならない。芭蕉の行脚は歌枕行脚であった。「清水ながるゝの柳」には西行を偲び、白河の関には能因を俤に見た。笠島の実方塚を五月雨と疲れとによそながら眺め過ぎたことはこの上ない恨みであった。武隈の松・野田の玉川・沖の石・末の松山と、陸奥の長旅も一所として歌枕に事欠かなかったのだ。このような敬虔な切ない思慕が、取りも直さず彼の国土への愛情であった。

「むざんやな甲《かぶと》の下のきりぐ〵す」「義仲の寝覚の山か月悲し」「義朝の心に似たり秋の風」「須磨寺やふかぬ笛きく木下やみ」――これらは源平戦史に因んだ彼の発句を拾って行ったまでである。せめて彼の最後の行脚を、哭鬼《こくき》の声啾《しゅうしゅう》々たる壇の浦まで延ばしてみたかった。関門の古戦場は即ち『平家』発祥の地なのである。芭蕉に於ける旅への誘《いざ》ないが果して何であったか、我々がそれを単純に割り切って解くことは到底出来るものではない。だが私は『奥の細道』を読んで、彼の義経伝説への深い関心に気付くとき、そのような伝承を育んできた東北の庶民の哀しい心情に、激しい共感を捧げている一人の旅人の姿を、彷彿と思い浮べるのである。

出羽路

尿前――象潟

尿前

〔原文〕南部《なんぶ》道遙《みちはるか》にみやりて、岩手《いはで》の里に泊る。小黒崎《をぐろざき》・みづの小嶋《をじま》を過《すぎ》て、なるごの湯より尿前《しとまへ》の関《せき》にかゝりて、出羽《では》の國に越《こえ》んとす。此路《このみち》旅人稀《まれ》なる所なれば、関守《せきもり》にあやしめられて、漸《やう〳〵》として関をこす。大山《おほやま》をのぼつて日既《すでに》暮《くれ》ければ、封人《ほうじん》の家を見かけて舎《やどり》を求む。三日風雨《ふうう》あれて、よしなき山中《さんちゆう》に逗留《とうりう》す。

　蚤《のみ》虱《しらみ》馬の尿する枕もと

あるじの云《いふ》、是《これ》より出羽の國に大山を隔《へだて》て、道さだかならざれば、道しるべの人を頼《たのみ》て越《こゆ》べきよしを申《まうす》。さらばと云《いひ》て人を頼《たのみ》侍れば、究竟《くつきやう》の若者反脇指《そりわきざし》をよこたえ《（へ）》、樫《かし》の杖を携《たづさへ》て、我々が先に立《たち》て行《ゆく》。「けふこそ必《かならず》あやう《（ふ）》きめにもあふべき日なれ」と、辛《から》き思ひをなして後《うしろ》について行《ゆく》。あるじの云《いふ》にたがはず、高山森々《しん〳〵》として一鳥聲《いってう》きかず、木《こ》の下闇《したやみ》茂りあひて夜《よ》る行《ゆく》がごとし、雲端《うんたん》につちふる心地して、篠《しの》の中踏分《ふみわけ》〳〵、水をわたり岩に蹶《つまづい》て、肌《はだへ》につめたき汗を流して、最上《もがみ》の庄《しやう》に出づ。かの案内せしお《(を)》のこの云《いふ》やう、「此《この》みち必《かならず》不用《ぶよう》の事有《あり》。恙《つゝが》なうを《(お)》くりまい《(ゐ)》らせて仕合《しあはせ》したり」と、よろこびてわかれぬ。跡《あと》に聞《きゝ》てさへ胸とゞろくのみ也。

〔訳〕 南部道を遥かに見やって、道を引きかえし、岩手《いわで》の里に泊った。それから小黒崎・美豆《みず》の小島《おじま》を過ぎて、鳴子《なるご》の湯から尿前《しとまえ》の関にかかって、出羽の国へ越えようとする。この道は旅人の稀なところなので、関所の番人に怪しまれて、ようやく関を越えた。大きな山を登って行くうちに日が暮れたので、国境を守る人の家を見かけて泊めてもらった。三日間、風雨が荒れて、見どころもない山中に逗留した。

蚤虱馬の尿《しと》する枕もと

（蚤、虱に責められて眠れない枕もと近く、馬小屋の馬が尿《にょう》をするすさまじい音が響いてくる。）

主が言うには、これから出羽の国に出るには、大きな山を隔てて、道が分りにくいから、道案内人を頼んで越えるがよい、と言う。ではそうしようと、案内人を頼んだら、頼もしそうな若者が反脇差《そりわきざし》を腰にさし、樫の杖を携えて、われわれの先に立って行く。「今日こそきっと危い目にも遭《あ》うべき日だろう」と、びくびくの思いで後ろについて行った。あるじの言葉にたがわず、高山はしんと静まりかえって、一鳥の声も聞えない。木の下闇が茂り合って、夜行くようである。「雲端に霾《つちふ》る」（杜甫）ような気持がして、小笹を踏み分け踏み分け、水を渡り岩にけつまずいたり、肌に冷汗を流しながら、最上《もがみ》の庄に出た。かの案内人が言うには、「この道はかならず不意の出来事が起るのですが、今日は無事にお送り出来て、仕合せでした」と喜んで、別れて行った。後で聞いてさえ、胸がどきどきする話である。

〔鑑賞〕　五月十四日に、芭蕉は一関《いちのせき》から引き返し、出羽の最上の庄へ越えようとしてその日は岩手山《いわでやま》に泊まった。翌日は尿前の関をへて、奥羽山脈の分水嶺を越え、堺田へ泊まった。義経・弁慶の一行が越えて平泉へ向かった道を、逆にたどったわけだ。

　堺田では、封人《ほうじん》（関守）の家に泊めてもらい、三日の間風雨が荒れたので、「よしなき山中」に逗留した、と『奥の細道』に書いてある。だが、実際は二泊で、十七日には発っている。堺田は、海抜三百五十四メートルの山中にある小さな聚落である。泊めてもらったのは和泉屋という庄屋の家で、関守と農業をかね、旅人には乞われるままに泊めていたらしい。いまの有路《あるじ》氏は、和泉屋のあとという（早坂忠雄氏『芭蕉と出羽路』）。

　芭蕉はずいぶんむさくるしいところに泊まったように書いているが、庄屋というからには、聚落第一の大きな家だったのだろう。このあたりは小国郷《おぐに》といい、小さくて、気性の精悍な小国駒の産地でもあった。南部の曲屋《まがりや》は、おもやと馬小屋とが接続しているが、堺田ではどうなっていたのか。とにかく、芭蕉が泊まった部屋から、馬が小便をする音がきこえるほどのちかくに、馬小屋はあったらしい。

「蚤虱」の句の、はじめの形は、第二句が「馬のばりこく」であった。おそらく、和泉屋の家の人が言った鄙びた言葉を興がって、そのまま、句のなかに取り入れたのであろう。「ばりこく」には、すさまじいまでの音の感じと、作者の笑いとがある。後「しとする」と言いやわらげたが、さっき越えたばかりの尿前の地名も、いくらか響いているのであろう。

これまで、歌枕や名所や古戦場ばかり詠みこんで、懐古のなかに浸っていた芭蕉も、このいぶせき山里では、さすがに懐古どころではないのである。この句には切れ字もなく、無造作な仕立てであり、作者の軽く興じている姿が見えている。

形としては

梅若菜鞠子《まりこ》の宿のとろろ汁

に似ている。芭蕉は現実の憂苦を、ここでは数えあげている。だが、蚤や虱にせつかれたり、馬と鼻つき合わせて寝るような、旅の憂苦を詠んでいながら、この句は明るくのびのびした調子をもっている。実際にそんなに苦しんだわけでなく、誇張した表現で、作者は自分を笑いとばしている。

岩手の里とは大崎市岩出山を芭蕉はいったのだが、岩手県八幡平市旧西根町が歌枕の岩手の里だという説もある。

みちのくの岩手《いわで》しのぶはえぞしらぬ書きつくしてよ壺の石碑《いしぶみ》　源頼朝（新古今集）

小黒崎美豆《おぐろさきみず》の小島は大崎市鳴子温泉町旧名生定《みょうさだ》村の荒雄《あらお》川の北岸。またその川の中の小島を美豆の小島という。小黒崎より四、五丁下流に高い丘をなしている洲があって、その上に三株の松がはえている。

小黒崎みづの小島の人ならば都のつとにいざといはましを　（古今集大歌所御歌）

なるごの湯は『随行日記』に「川向ニ鳴子ノ湯有。沢子ノ御湯成ト云」とある。大崎市鳴子温泉町鳴子温泉である。

あかずして別れし人の住む里は沢子の見ゆる山のあなたか　読人知らず（拾遺集）

尾花沢

〔原文〕尾花澤《をばなざは》にて清風《せいふう》と云《いふ》者を尋《たづ》ぬ。かれは富《とめ》るものなれども、志《こゝろざし》いやしからず。都にも折々かよひて、さすがに旅の情《なさけ》をも知《しり》たれば、日比《ひごろ》とゞめて、長途《ちやうど》のいたはり、さまぐ〵にもてなし侍る。

涼しさを我宿《わがやど》にしてねまる也
這出《はひいで》よかひやが下のひきの聲
まゆはきを俤にして紅粉《べに》の花
蠶飼《こがひ》する人は古代のすがた哉　曾良

〔訳〕尾花沢で清風《せいふう》という者を尋ねた。彼は富んだ者ではあるが、志は卑しくはない。都にもときどき往来して、さすがに旅人の気持をも知っているので、何日も引きとどめて、長旅の疲れをねぎらい、さまざまに歓待してくれた。

涼しさを我《わが》宿にしてねまる也
（お宅のお座敷の涼しさを、満喫し、あたかも自分の家にあるような気安さで、うちくつろいでいます。「ねまる」は尾花沢地方では、膝を崩して坐ることの意味。）

這出でよ飼屋《かひや》が下のひきの声

（養蚕室の下に、ひきがえるの鳴き声がする。そんな暗い、侘しいところで鳴かないで、明るいところへ這い出て来い、ひきがえるよ。）

眉《まゆ》掃《はき》を俤《おもかげ》にして紅《べ》粉《に》の花

（尾花沢地方は今しも畑一面の紅粉の花の盛りである。女たちが白粉をつけたあとで、眉を払う眉掃を、眼前に浮べさせる、なまめかしい咲きぶりである。）

蚕《こ》飼《がひ》する人は古代のすがたかな　曾良

（蚕飼にいそしむ人たちは、質朴なみなりをして、古くから伝わった蚕飼のわざの、古代の姿が偲ばれる。）

〔鑑賞〕　五月十七日出羽国《でわのくに》尾花沢に着き、二十六日まで滞在した。旧知の鈴木清風方にまず宿をとり、それから近くの養泉寺に移った。清風は尾花沢の豪商で、紅花商人であった。「涼しさを」の句は曾良の『書留』には記していないが、『一葉集』などによれば、清風邸で巻いた芭蕉・清風・曾良・素英の四吟歌仙の発句である。素英というのは鈴木家に出入りの者で、清風に頼まれて芭蕉の接待役になった。

「ねまる」とはうちくつろいで坐るということの方言といっている。それだと、涼しい座敷に招《しよう》ぜられてまるで自分の家にいるようなつもりになってうちくつろいでいます、という意味で、特に「涼しさ」を言ったことが主への挨拶となる。たまたま鈴木家の人たちが「おねまり下さい」などと言ったのを理由にして当意即妙にその言葉をとり入れたところに軽い興味があった。後のかるみの俳諧にも通じる口語的な、坦々とした発想がこの句の取柄《とりえ》である。

「這出でよ」の句は同じく清風邸での作。ひきがえるを詠んでいるから夏の句である。『万葉集』に、

朝霞鹿火屋《かひや》が下に鳴くかはづ声だに聞かばあれ恋ひめやも　（巻十）

朝霞鹿火屋が下の鳴くかはづしのびつつありと告げむ児もがも　（巻十六）

などとあり、この「かひや」については、後にその語義について寂蓮と顕昭とが言い争ったことがある。芭蕉は、ここでは養蚕室の意味にとったのだが、丁度清風邸は養蚕と紅花摘みでおそろしく多忙であった。芭蕉はせわしく立ち働いている屋内の空気に触れて、そういう時期にのんびり訪れた自分を顧みて、同じくのっそりとしたひきがえるに向って、話相手に出て来いといいかけたのだ。万葉の歌の「かはづ」をここではひきがえるに転じて、あるユーモラスな感じを出した。なかなか落着いて自分の相手になってくれない清風にかわって、ひきがえるに「這出でよ」といったのだろう。

最上地方は、古くから紅の主産地で、毎年多額の荷を舟で大石田から酒田へ運び、江戸へ積みだしていたし、鈴木家はその大問屋だった。だから、芭蕉が一歩この地に足を踏み入れたとき、いちめんのあかい紅畑から、まず強烈な印象を受けたにちがいない。

紅花は花も葉も薊《あざみ》に似て、半夏生《はんげしょう》（七月二日）のころから咲きはじめる。芭蕉はこの尾花沢に、新暦でいえば七月三日に着いて、七月十二日まで滞在した。滞在中は、紅の花盛りで、花の色は黄金色だが、それがあかみを帯びたころ、まだ露のある日の出前に摘み取る。古名は末摘花《すえつむはな》。この花のさまから、芭蕉は化粧用の眉掃を連想した。さらにまた、紅の原料ということが、すぐ女性への連想をさそうのだ。芭蕉の句に、

行末は誰が肌ふれん紅の花

というのもある。色っぽい句である。

形が眉掃に似ているとは、やはり眉掃を手にした女の面影がちらつく、ということだ。芭蕉連句に俤付という手法があるが、源氏その他の物語の情景をにおわしている句が多いのである。『奥の細道』の記事では、どうもこの句は、清風への挨拶句のようになっている。豪華な暮らしの清風亭には、なにか、なまめかしい雰囲気がただよっていたのか。かれは江戸吉原、三浦屋のおいらん高尾とうわさのあったぐらいの人だ。だが、清風への挨拶の句としては、なにかピントがぼけている。

曾良の『書留』には「立石ノ道ニテ」と前書があり、これだと、尾花沢を立って立石寺《りつしやくじ》へいく道中の作だということになる。『猿蓑』には、「出羽の最上を過ぎて」と前書があって、これも途中吟の感じである。やはり、清風への挨拶ではない。ただし、紅花摘みの最上おとめへのよそながらの会釈の心は、あるいはあったかもしれない。

「蚕飼する」の句は曾良の『書留』には高久宿《たかくのしゆく》の句と、須賀川の等窮邸の句の間に、

蚕《こがひ》する姿に残る古代哉

の形で出ている。これが初案だと思われるが、これだと高久か、須賀川か、あるいはその間、例えば白河あたりで詠んだことになる。蚕飼する様は、どこででも見ることができたろうが、尾花沢のくだりで「かひや」の句を出したから、そのついでにここに載せたのかもしれない。だが「蚕飼」は春の季語であるから、ここに挿入することには若干の矛盾がある。高久・須賀川のあたりでももう夏になっていたから、どちらにしても矛盾は消えないが、この頃はまだ孟夏である。嘱目の景色を詠んだのであろう。

蚕飼に立ち働く女たちの簡素な身なりに、曾良は古代を感じたのである。養蚕は天照大神の神話にも語られているから、原始以来のなりわいであり、それを奥州路に入ってから見たのだから、いっそう原始的なものに感じられた。白河の関を越える時晴着姿を意識した曾良だから、みちのくの女たちの服装にも改まった晴の姿を感じ取ったのであろう。

立石寺

〔原文〕 山形領に立石寺《りふしやくじ》と云山寺《いふやまでら》あり。慈覚大師《じかくだいし》の開基にして、殊《ことに》清閑の地也。一見すべきよし、人々のすゝむるに依《よつ》て、尾花沢よりとつて返し、其《その》間七里ばかり也。日いまだ暮《くれ》ず。梺《ふもと》の坊に宿かり置《おき》て、山上の堂にのぼる。岩に巖《いはほ》を重《かさね》て山とし、松柏年旧《しようはくとしふり》、土石老《どせきおい》て苔滑《なめらか》に、岩上の院々扉《とびら》を閉《とぢ》て物の音きこえず。岸をめぐり岩を這《はひ》て仏閣を拝し、佳景寂寞《かけいじやくまく》として心すみ行《ゆく》のみおぼゆ。

閑《しづか》さや岩にしみ入《いる》蟬の聲

〔訳〕 山形領に立石寺《りつしやくじ》という山寺がある。慈覚大師の開基で、ことに清らかで閑かな地である。ちょっと御覧なさいと、土地の人々がすすめるので、尾花沢から引き返して訪ねた。そのあいだ七里ばかりである。着いたとき、日はまだ暮れていなかった。麓の宿坊に宿を借りて置いて、山上の堂に登った。岩に巌を重ねて山とし、松や柏は年旧《ふ》りた老木で、土や石も古びたさまに落着き、苔はなめらかで、岩上の院々はどれも扉を閉じて、ものの音一つ聞えない。崖をめぐり、岩の上を這って、仏殿に詣《まい》ったが、すばらしい景色がひっそりと静まりかえって、何時か心が澄んで行くような気持であった。

閑《しづか》さや岩にしみ入る蟬の声

（ひっそりとして、閑かな山寺。一山の岩にしみ入るように、蟬の声が澄み透ってきこえる。）

〔鑑賞〕芭蕉が山寺でよんだこの句について、斎藤茂吉と小宮豊隆とのあいだに論争が起こったことがある。このセミはアブラゼミかニイニイゼミかという論争である。茂吉は、セミしぐれ（蟬時雨）のような群蟬《ぐんせん》の鳴くなかの静寂を芭蕉が感じえたのだと思い、強い鳴き声のアブラゼミ説を主張したのに対して、豊隆は「岩にしみ入る」と感じられるためには、声が細くて澄んでいて、糸筋のようにつづくかと思えば、ときどきシオリが見えるようなニイニイゼミのほうが適切だといった。

これは、後に茂吉が実地調査の結果、その時節（新暦七月十三日）にはアブラゼミもいるがニイニイゼミが多いことを発見し、芭蕉の感覚をあまりに近代的に受け入れていたといって、シャッポをぬいだ形で決着した。ほかに、井泉水《せいせんすい》のように、涼しげになくヒグラシではなかったろうかと想像している人もいる。だが、だいたいいままでは小宮説が実説となっていて、私がいったとき、案内人は、もちろんムギゼミ（ニイニイゼミのこと）ですよと、確信ありげにいったものである。

志田義秀は、セミは一匹にかぎるという説である。だが、そういう穿鑿《せんさく》になると、読者の感受性によって、いくらでも動くようだ。中村草田男は、いまでも茂吉説の加担者であって、炎熱のなかですさまじい集団で鳴きふけるアブラゼミの声であればこそ、その声はしだいに岩の奥底へまで浸透してゆくのだ、といっている。茂吉にしろ草田男にしろ、ゴッホの賛美者であり、炎熱を好む詩人であることを言い添えておこう。

わたくしはそういう個々の享受者の個性を尊重することにしている。セミの種類が問題なら、岩の種類だって問題で、現に豊隆は、立石寺の岩が凝灰岩《ぎょうかいがん》のような柔らかい岩であればこそ「しみ入る」と感じられるのだといっている。わたしの説は——そんなことごとしい穿鑿は抜きにして、この作品を、文字どおりに受け取ればよいと思っている。具体的なものの名は、この句の享受には邪魔だ。セミはセミ、岩は岩でよい。わたくしの感性としては、この句から太陽の季節を受け取るほど、ゴッホ的ではない。

セミの声が、あたりの「閑かさ」を吸収している。セミの声とあたりの「閑けさ」がしみ入った岩が、ひそまりかえって、大地にある。音響がいわば一つの質量と化して、その「閑かさ」を特色づけているのである。

最上川

〔原文〕最上川《もがみがは》のらんと、大石田と云《いふ》所に日和《ひより》を待《まつ》。爰《こゝ》に古き誹諧《はいかい》の種こぼれて、忘れぬ花のむかしをしたひ、芦角一聲《ろかくいつせい》の心をやはらげ、此道《この》にさぐりあしして、新古ふた道にふみまよふといへども、みちしるべする人しなければと、わりなき一巻残しぬ。このたびの風流爰《こゝ》に至れり。

最上川はみちのくより出《いで》て、山形を水上《みなかみ》とす。ごてん・はやぶさなど云《いふ》おそろしき難所有《なんじよあり》。板敷《いたじき》山《やま》の北を流《なが》れて、果《はて》は酒田《さかた》の海に入《いる》。左右山覆《おほ》ひ、茂みの中に船を下《くだ》す。是《これ》に稲つみたるをやいな船といふならし。白糸《しらいと》の瀧は青葉の隙々《ひまく》に落《お》ちて、仙人堂岸に臨《のぞみ》て立《たつ》。水みなぎつて舟あやうし（ふ）。

五月雨《さみだれ》をあつめて早し最上川

〔訳〕最上川を船に乗ろうと、大石田という所で日和《ひより》を待った。ここに古い俳諧の種が蒔かれて、今も昔の盛んだった時代をしたい、辺土の木訥《ぼくとつ》粗野な風流ながら人々の心をやわらげ、風雅を解するようになって、この道をさぐり足でたどり、新古の二道のあいだに迷っているのだが、指導する人がないので、と言うので、止むをえず歌仙一巻を残した。今度の旅の風流は、こんな辺地での俳諧において極まったというべきである。
最上川は陸奥《みちのく》との国境から出て、山形領が水上である。碁点《ごてん》・隼《はやぶさ》などという恐ろしい難所がある。それから板敷《いたじき》山の北を流れて、果ては酒田の海に入る。両岸は山が覆い、茂みの中に船を下すのである。これに稲を積んだのを、古歌に稲舟と言ったのだろうか。白糸の滝は青葉のあいだを落ち、仙人堂が岸に臨んで立っている。水量が多く、水勢が激しくて、舟は危険である。

五月雨をあつめて早し最上川

（五月雨の季節に、最上川を下った。おびただしい五月雨の雨量をあつめ、激しい勢いで流れ下る、その最上川よ。）

〔鑑賞〕五月二十八日、山寺の宿坊を立ち、大石田へきて、高野一栄《たかのいちえい》の家に泊まった。一栄は、尾花沢の清風と商売上のつき合いがあり、俳諧の同好でもあった。清風は紅花の荷を、舟宿の一栄の川舟で、最上川を酒田まで運んだのである。一栄が清風に、舟・屋敷・田畑を抵当に、四十両借金した証文を、飯野哲二氏は発見している。
一栄宅のすぐ裏手は、最上川に面していて、そのあたりの流れはゆるやかで舟ももやってあった。二十九日に、おそらく最上川に面した裏座敷で、四吟歌仙を巻いた。芭蕉・一栄・曾良・川

水で、川水は芭蕉が尾花沢に滞在中、やってきたことがある。そのときよんだ芭蕉の句が、

五月雨を集めて涼し最上川

だった。このときの歌仙は、作りかけては見物にでかけ、道々また詠みついだりして、翌日になって完結している。

「集めて涼し」といったのは、もちろん、一栄への挨拶である。「涼し」といったのが、相手のもてなしに対しての謝辞なのである。梅雨どきの水を集めて最上川はたっぷりした水量を示していた。この二日ばかり、あやしい空模様だったが、あやうく雨は降らなかった。最上川を詠んだことも眼前の風景ながら、大国へはいって句をよむ心構えとして、当然のことである。

六月一日には、大石田を立ち、一栄のあっせんで、新庄まで下った。そのあいだ二里八丁。三日には新庄を立ち、本合海《もとあいかい》から舟に乗り、古口《ふるくら》をへて清川《きよかわ》へ下った。このあいだ約五里。古口から下になると、両岸がやや迫って流れが急になる。この経験が芭蕉に「涼し」ではだめだと感じさせたらしい。

「集めて早し」という句は、いつできたかわからない。改作された形を、曾良は書き留めていないし、元禄四年の『猿蓑』にも採られていないから、ずっと晩年になって改めたのであろう。たった二字の入れかえで、この句は面目を一新した。濁流そのものの即物的な把握であり、最上川の本情を捕えているといってもよい。出羽の国にはいってから、芭蕉は最上川を詠むことにひど

く執心したが、この句に至ってその望みを果たしたのである。

最上川は羽前国《うぜんのくに》を流れる大河で、芭蕉が「紀行」の本文に書いている「稲舟」とは、

　最上川のぼればくだる稲舟のいなにはあらずこの月ばかり　（古今集大歌所御歌）

によったもの。歌枕最上川の景物として、セットとして詠みこまれる。斎藤茂吉が大石田に疎開中、奥羽巡行の天皇が召されて、話をきいた。その時茂吉はこの歌をとりあげて、女の月のものの歌である、と進講した逸話がある。芭蕉は碁点・隼などの難所について書いているが、それは大石田より上流で、その難所を芭蕉が川下りで経験したわけではない。芭蕉は六月三日本合海《もとあいかい》から古口まで一里半ほど舟に乗った。また、十二日には鶴岡から最上川の支流赤川を舟に乗って最上河口の酒田まで七里ほどを舟で下った。古口までの間に白糸の滝や常陸坊海尊《ひたちぼうかいそん》を祭った仙人堂は今でもある。海尊は義経の家来だが、高館《たかだち》の合戦の時寺参りに行って居合せなかったばかりに、いつまでも生きながらえて義経主従の物語を語り歩いたという。

出羽三山

……

〔原文〕　六月三日、羽黒山《はぐろさん》に登る。圖司左吉《づしさきち》と云《いふ》者を尋《たづね》て、別當代會覚阿闍利《べつたうだいゑがくあじゃ》(梨)に謁《えつ》す。南谷《みなみだに》の別院

……

に舎《やど》して、憐愍《れんみん》の情こまやかにあるじせらる。

四日、本坊にをゐ《(おい)》て誹諧興行《こうぎやう》。

有《あり》難《がた》や雪をかほ《(を)》らす南谷

五日、権現《ごんげん》に詣《まうづ》。當山開闢能除大師《たうざんかいびやくのうぢよだいし》はいづれの代《よ》の人と云《いふ》事をしらず。延喜式《えんぎしき》に羽州里山《うしうさとやま》の神社と有《あり》。書寫《しよしや》、黒の字を里山となせるにや。羽州黒山を中略して羽黒山と云《いふ》にや。出羽といへるは、鳥の毛羽《もうう》を此《この》國の貢《みつぎ》に献《たてまつ》ると風土記《ふどき》に侍《はべる》とやらん。月山《ぐわつさん》・湯殿《ゆどの》を合《あはせ》て三山とす。當寺武江東叡《ぶかうとうえい》に属して、天台止観《てんだいしくわん》の月明らかに、円頓融通《ゑんどんゆづう》の法《のり》の灯《ともしび》かゝげそひて、僧坊棟《むね》をならべ、修驗行法《しゆげんぎやうほふ》を勵《はげま》し、灵山霊地《れいざんれいち》の驗効《げんかう》、人　貴且《たふとびかつ》恐る。繁栄　長《とこしなへ》にしてめで度《たき》御山《おやま》と謂《いつ》つべし。

八日、月山《ぐわつさん》にのぼる。木綿《ゆふ》しめ身に引《ひき》かけ、寶冠《はうくわん》に頭《かしら》を包《つゝみ》、強力《がうりき》と云《いふ》ものに道《みち》びかれて、雲霧山《うんむさん》氣《き》の中に氷雪《ひようせつ》を踏《ふん》でのぼる事八里、更に日月行道《じつげつぎやうだう》の雲関《うんくわん》に入《いる》かとあやしまれ、息絶《たえ》身こゞえて、頂上に臻《いた》れば日没《ぼつし》て月顕《あらは》る。笹を鋪《しき》、篠《しの》を枕として、臥《ふし》て明《あく》るを待《まつ》。日出《いで》て雲消《きゆ》れば湯殿《ゆどの》に下《くだ》る。

谷の傍《かたはら》に鍛冶小屋《かぢごや》と云有《いふあり》。此《この》國の鍛冶、霊水を撰《えらび》て爰《こゝ》に潔斎《けつさい》して釼《つるぎ(劍)》を打《うち》、終《つひに》月山と銘《めい》を切《きつ》て世に賞せらる。彼龍泉《かのりようせん》に剣《つるぎ(劍)》を淬《にらぐ》とかや。干将《かんしやう》・莫耶《ばくや》のむかしをしたふ、道に堪能《かんのう》の執《しふ》あさからぬ事しられたり。岩に腰かけてしばしやすらふほど、三尺ばかりなる桜のつぼみ半《なか》ばひらけるあり。ふり積《つむ》雪の下に埋《うづもれ》て、春を忘れぬ遅ざくらの花の心わりなし。炎天《えんてん》の梅花《ばいくわ》爰《こゝ》にかほ《(を)》るがごとし。行尊《ぎやうそん》僧正の歌の哀《あはれ》も爰に思ひ出《いで》て、猶《なほ》まさりて覚ゆ。惣而此《そうじてこの》山中の微細《みさい》、行者《ぎやうじや》の法式《ほふしき》として他言《たごん》する事を禁ず。仍《よっ》て筆をとゞめて記さず。坊に帰れば、阿闍梨《あじゃり》の需《もとめ》に依《よっ》て、三山順礼の句々短冊《たんじゃく》に書《かく》。

涼しさやほの三《み》か月の羽黒山《はぐろさん》

雲の峯幾つ崩《くづれ》て月の山

語られぬ湯殿にぬらす袂かな

湯殿山銭ふむ道の泪《なみだ》かな　曾良

〔訳〕六月三日、羽黒山に登った。図司《ずし》左吉という者を尋ねて、別当代《べっとうだい》の会覚阿闍梨《えがくあじゃり》にお目に掛った。南谷の別院に泊め、こまやかに心の籠った歓迎をして下さった。

四日、本坊で俳諧を興行した。

有難や雪をかをらす南谷

（まだ残雪のある南谷に、薫風が南から吹き渡って、雪の香をかおらせる。有難いことである。季語は「風薫る」。）

五日、羽黒権現に詣でた。当山の開基能除《のうじょ》大師は、いずれの代の人とも分らない。延喜式に羽州里山《さとやま》の神社とある。書写の際、黒の字を里と書き違えたのだろうか。羽州黒山を中略して羽黒山と言うのだろうか。出羽というのは、鳥の羽毛をこの国の貢《みつぎ》として献るからだと、風土記に記してあるとか。月山《がっさん》・湯殿山を合せて三山とする。この寺は江戸の東叡山寛永寺に属する。天台止観（天台宗の中心教義。月の澄み切った悟りの心境）の月が明らかに照って、円頓融通《えんどんゆずう》（円満で頓速に融通無礙《むげ》な悟りの境地）の法燈をかかげて、僧坊は棟を並べ、修験者は修行をはげみ、霊山霊地の御利益を、ひとびとは尊び、また怖れつつしんでいる。この繁栄は永久に続くようで、めでたいお山と言うべきであろう。

八日、月山に登った。木綿《ゆう》しめを身に引きかけ、宝冠《ほうかん》をかぶり、強力《ごうりき》という者に導かれて、雲や霧や山気の中に、氷や雪を踏んで登ること八里ばかり、さらに日や月の通路である大空の中に入るかと疑われるほどで、呼吸も苦しく、身も凍《ひ》え、ようやく頂上に登ると、日が入って月が出て来た。笹を敷き、篠を枕として寝ながら、夜明を待った。朝日が出て雲が消えたので、湯殿山の方に下った。

降りる途中、谷の傍らに鍛冶小屋というのがある。この国の刀鍛冶が、霊水を選んでここに地を定め、潔斎して剣を打ち、ついに月山と銘を切って世にもてはやされた。かの中国汝南《じょなん》西平県の竜泉《りょうせん》の水には焼いた剣をひたしたという。呉の名工干将と妻莫耶《ばくや》の昔をしたう、一道にすぐれた者の浅からぬ執心が知られるのである。岩に腰かけしばし休んでいると、三尺ばかりの桜の莟のなかば開いたのがある。降り積む雪の下に埋れていて、春を忘れずに咲く遅桜の花の心は、自然の理とは言うものの、いじらしいものである。宋の簡斎が言う「炎天の梅花」が、ここに薫るようである。行尊僧正《ぎょうそん》の歌のあわれもこのとき思い出され、この桜の花のあわれがそれにもまさって感ぜられるのである。総じてこの湯殿山中の細かなことは、行者の方式として他言することを禁じている。それで筆をとどめてこれ以上は記さない。坊に帰ると、阿闍梨の求めによって、三山順礼の句々を短冊に書いた。

涼しさやほの三日月の羽黒山

（仄かな三日月に照らし出された羽黒山の姿を、南谷の坊から見ていると、如何にも涼しい感じである。）

雲の峰幾つ崩れて月の山

（月山が月の光にくまなく照らされて、眼前に雄偉な山容を現している。昼間立っていたあの雲の峰が、いくつ立ちいくつ崩れて、現われ出た月のお山であるか。）

語られぬ湯殿にぬらす袂かな

（湯殿山の神秘は人に語ることを禁じられている。その語られぬ感動を胸に籠めて、ひそかに感涙に袂を濡らすことであるよ。季題は「湯殿詣」。）

湯殿山銭ふむ道の泪《なみだ》かな　曾良

（湯殿山に詣でる人の賽銭が道々に散らばり、それを踏みながらお宮に詣で、感涙にむせぶことよ。季題は前に同じ。）

〔鑑賞〕　六月三日に芭蕉は羽黒山に登り、図司左吉（近藤氏、号呂丸《ろがん》、羽黒山下の染物屋）に会い、南谷の本坊隠居所へ同道した。長い石段道を下り、左へ折れて入ったところに南谷の別院の跡が、かつての池などを残して遺《のこ》っている。この長い石段の道を僧たちは高足駄をはいて登り下りする。翌日の昼時、芭蕉らは本坊へ上り、別当代の会覚阿闍梨に謁《えつ》し、そば切りをふるまわれた。本坊で俳諧歌仙を巻き、表六句を詠み、表六句でこの日は南谷に帰ったが、その後詠みついで、この歌仙は九日に巻き終った。この間ずっと芭蕉は南谷に宿泊してこまやかなもてなしを受けた。

「有難や」の句の、初案の結句は「風の音」となっている。「風薫る」という季語はこの時代には新しく、芭蕉が座右に置いた季寄せ『増山《ぞうやま》の井《い》』に「風薫《かぜかをる》」を録して「南薫《なんくん》。六月にふく涼風也。薫風自南来《くんぷうみなみよりきたる》と古文前集にいへり」といている。「雪をかをらす風の音」で風薫るという季語を含んでいるが、「風の音」を「南谷」に改めたのはそこに南薫の語を含むとみたのである。

六月二日に新庄の盛信邸で、

風の香も南に近し最上川

と詠んでいるが、これも「南薫」の季語をとり入れた発句である。「有難や」とは、羽黒山のような霊地に泊まることができたことの謝意を含み、同時に会覚阿闍梨に対する挨拶でもある。山深いところだからまだあちこちに残雪が見られたのであろう。薫風がその雪の香を運んでくる、といったのだが、南谷という地名を季語の一部としたのは、やはりやや窮した技巧というべきだろう。「風の音」の方が良かったと思うが、それでは土地の名が入っていないことが不満だったのだろうか。

六月五日芭蕉は羽黒権現に詣で、六日は月山頂上まで登る。山小屋に一夜を明かして、七日には湯殿山神社に詣でた。この日付は曾良の『書留』に依ったので、『奥の細道』本文とは少し違っている。以後十二日まで南谷で疲れを休めた。坊に帰ってから会覚阿闍梨の求めで出羽三山順礼の句を一句一句短冊に書いた。その一つ。

真蹟短冊と曾良の『書留』には初五「涼風や」とある。これが初案である。「ほの三日月」はほのかに見える三日月ということ。三日月にほのかに照らされながら羽黒山が夕闇の中に神々しい姿を現わしている、といったので、「涼しさや」が山容のほめ言葉になっている。真夏の昼の暑さが去って、涼しさがたちこめた中に羽黒山の姿を讃《たた》えたのである。

芭蕉が月山に登ったのは、六月六日であった。出羽三山の主峰で海抜千九百八十メートル、芭蕉の生涯のうちに登ったいちばん高い山である。山上の角兵衛小屋に泊まり、翌日南谷の坊に帰った。別当代の会覚阿闍梨の求めに応じて、三山順礼の句を三句、短冊に書いた。「雲の峰」の句はそのなかの一句である。

『奥の細道』に「息絶え身こごえて、頂上にいたれば日没して月現る」とあるので、「雲の峰」の句は、頂上でのけしきを詠んだものと思われている。だが、どう見てもこれは頂上の景ではない。「月の山」とは月山のことだが、同時に六日の月のかかったお山でもある。つまり、月光に照らしだされて眼前にはっきりと現われでた雄大な山容である。そこから芭蕉は、昼間に見た雲の峰のイメージを呼び起こしているのだ。雲の峰がいくつ立ち、いくつくずれてこの月の山となったのであるか、といっているのである。

「月の山」を目の前にしているけしきと取らなければ、この句は死んでしまう。世上の解釈に、雲の峰を眼前にしているところと見て、これがいくつくずれたら、夜となって月の山となるのだろうと解している説があるので、このことはいっておきたい。この句の中心は、月の山なのである。

「月の山」といって、地名の月山を掛けていることに、現代人はわざとらしさを感ずるかもしれない。「日の光」とよんで、日光の地名をこめたのとおなじことである。だが、これはやはり、大国にはいっての芭蕉の挨拶の気持がこもっていると見ねばならない。感動の実体は月光に照らされた山なのだが、それが同時に、月山でなければならなかったのだ。出羽第一の名山を詠みこむことが、芭蕉の挨拶なのである。それはなにも、阿闍梨に対する挨拶だというのでなく、この霊地全体に対する挨拶だと見るべきだ。

それに、『細道』の本文には「天台止観の月明かに」と、はっきり書いている。つまり、妄念をやめて、月の曇りのないように明知が現われるということだ。雲の峰がくずれて、月の山が現われでると詠んだ裏には、そういった意味がかすかにこめてある。だが、句がらはあくまで無邪気で、わらべうたのような語感をもっておおらかなリズムが脈打っている。

芭蕉の湯殿詣では六月七日だが、『紀行』には「惣而《そうじて》此山中の微細、行者の法式として他言することを禁ず。仍《よっ》て筆をとゞめて記さず」とある。湯殿山の微細は今日でも秘事が多く、神秘性を漂わせている。その神秘性に触れて芭蕉も袂をぬらした、というのだが「ぬらす」とは湯殿の縁語である。三山順礼の句の中では一番感銘の乏しい句が「語られぬ」である。

一見するとこの句には季語がないようだが、貞門以来「湯殿行《ゆどのぎょう》」「湯殿詣」「湯殿垢離」が夏の季題とされ、芭蕉はそれに従ったのである。

曾良の『書留』に、

銭踏《ふん》で世を忘れけりゆどの道

とあるのが初案。あるいは芭蕉が手を加えたのかもしれない。それにしてもつまらない句はつまらない句だ。
『菅菰抄《すがこもしょう》』に「この山中の法にて、地へ落ちたるものを取る事あたはず。故に道者の投擲せし金銀は小石のごとく、銭は土砂にひとし。人その上を往来す」と注してある。地にちらばった銭など歯牙にもかけず、その上を踏み歩くという超俗的な気持に誰しもなっているというので「世を忘れけり」といった。改案では、そのような霊山の有難さに感涙にむせぶ、といっているのである。

酒　田

〔原文〕　羽黒を立《たち》て鶴が岡の城下、長山《ながやま》氏重行《しげゆき》と云物《いふもの》のふの家にむかへられて、誹諧一巻有《あり》。左吉も共に送りぬ。川舟に乗《の》りて酒田の湊《みなと》に下《くだ》る。淵庵不玉《えんあんふぎょく》と云醫師《いふくすし》の許《もと》を宿とす。

　あつみ山や吹浦《ふくうら》かけて夕すゞみ

暑き日を海にいれたり最上川

〔訳〕 羽黒を発って、鶴岡の城下、長山氏重行という武士の家に迎えられて、俳諧歌仙一巻を巻いた。左吉もここまで送って来てくれた。川舟に乗って酒田の港に下った。淵庵不玉《えんあんふぎょく》という医師の家を宿とした。

あつみ山や吹浦《ふくうら》かけて夕涼み

（南に見える温海《あつみ》山から、北に見える吹浦へかけて、広々とした海の眺望をほしいままにしながら、夕涼みをしている快さよ。あつ（暑）・ふく（吹）はともに涼みの縁語。）

暑き日を海に入れたり最上川

（最上川の滔々たる水流が、一日照っていた暑い太陽を、押し流し、西の海の彼方へ押し入れてしまって、涼しい夕方となったことよ。）

〔鑑賞〕 六月十三日、芭蕉は羽黒を出て、最上川の支流赤川を舟で下り、酒田におもむいた。それから二十五日出発までおおかた酒田の伊東玄順という医者の家に厄介になった。本町三丁目横丁の鐙屋《あぶみや》宅地内であった。俳号を淵庵不玉という。この句は十九日に玄順邸で催した芭蕉・不玉・曾良の三吟歌仙で、二十一日に巻き終った。『継尾集《つぎおしゅう》』には「江上之晩望」という前書があ

り不玉の脇句は、

みるかる磯にたゝむ帆筵

である。

「あつみ山や」の句は、酒田の港に舟を浮べて夕涼みをした時の作である。最上川の河口をかかえるようにして西に袖の浦、東に小屋《こや》の浜が突き出て、舟がかりの便宜を供している。この二つの浦を出離れると東西に吹浦と温海《あつみ》山の大きな眺望が開けてくる。吹浦は酒田の北方六里ほどにある砂浜で、芭蕉はこの前に、象潟へ行く途中、十五日に宿をとっている。温海山は酒田から南西十里あまり、芭蕉が越後へ越える時宿泊した温海温泉の後にそびえている。広々とした海岸線を見通して二つの地名で東西の眺望を代表させたのである。必ずしも吹浦と温海山を見通したというのではない。だがこの頃は快晴続きであるから、見えたかもしれない。納涼の句だから温海の地名に暑さをかけ、吹浦の地名に風が吹く意味をかけた。他愛ない技巧ではあるが、風景に対してのうちくつろいだ気分は出ていよう。

翌十四日は暑い日だった。その日は酒田の豪商、寺島彦助（号は詮道《せんどう》また令道）に招かれた。ここで歌仙を巻き、例によって、芭蕉が発句をよんだ。

この寺島彦助がどういう人物で、その邸宅がどこにあったか、久しくわからなかったが、最近、酒田の市史編纂の人たちなどによって、およそのことがわかってきた。彼は酒田湊《みなと》の御城米浦役人であった。浦役人とは幕府の米置場の役人である。かれは芭蕉と親しかった尾張鳴海の本陣寺島業言《ぼくげん》（安規）の枝流で、安というのは寺島家の取字と思われ、彦助はまた、安種《やすたね》という。『継尾集』には「安種亭より袖の浦を見渡して」とあって、これまでアンジュ亭と訓んできたが、どうもこれはヤスタネ亭であるらしい。元禄年間の絵図面に彦助邸は出ていて、それは本町三之丁、今酒田郵便局のある地内である。今は、ここからは最上川も袖の浦も見晴らすわけにはゆかないが、当時は家の前がすぐ内川《うちかわ》で、そこからは最上河口も、対岸の袖の浦もながめられたと思われる。

そこで詠んだ句は、はじめ、

涼しさや海に入れたる最上川

という形だった。寺島邸からながめられる河口の大景を、嘱目として取り入れながら「涼しさや」と、あいさつの心をこめている。最上川もとうとうここで海にはいってしまったと、流れとともに下ってきた芭蕉も、ほっと安堵したような気持が現われている。これに対して、詮道は、

月をゆりなす浪のうきみる

と詠んだ。だから、詠んだのは夜に入って月が出てかららしい。

この句のモチーフは、最上川が自分自身を海に入れてしまったというような、大河の量感を表明したかったのだろう。だが、「五月雨を」の句とおなじく、ここでも「涼しさ」が句のつまず

きとなっている。

海上三十里も川水が流動するという景観は、「暑き日を海にいれたり」と改作することで、ぴたりと捕えられた。水平線に沈もうとする赤い夕日と、最上川の押し流す力とのあいだに、一つのすばらしい対応を見いだした。三十里も、いや、もっとかなたの水平線まで、太陽は、大河に押し流されて、沈もうとするのである。自然のエネルギーとエネルギーとの、相うつような壮観である。

だが、この句の「暑き日」を、暑い一日と解する学者も多い。暑い一日を海に入れてしまったというので、初案の「涼し」といった気持を生かしているものと取る。涼しい夕風を感じ取っているのだ。だが、これはいかにも初案に引きずられた解釈である。芭蕉は思いきった改作をやってのけた例が、一再ならずある。これもその一例だ。

暑い太陽と解するのは、いかにも近代的だと思うらしいが、私はここでは、詩人の想像力を信じたい。驚くような近代的な感覚は、芭蕉の句にはいくらもある。なによりも「暑い一日」と解したのでは、句の生命が死んでしまう。改作では、芭蕉は一令道への挨拶の気持など超越してしまうのである。

あまり理屈っぽく考えないことだ。大国にはいっては大国の位をよみ取ることが、むしろ最上の挨拶なのだ。解釈一つで、句が生きも死にもすることを、考えていただきたいと思う。

こういった大きな自然は、安種亭からの挨拶句としては捉えることができなかっただろう。この句が、どこで詠まれたかに興味をわかせたのは、昭和二十一年に大石田に疎開した斎藤茂吉であった。大石田で茂吉を世話した板垣家子夫《かねお》氏の家は、芭蕉が、「五月雨を集めて涼し」の句を読んだ高野一栄《たかのいちえい》の家の跡であるから、茂吉も最上川と芭蕉への興味を大変かきたてられ、酒田でのこの句も、どこで詠んだか、酒田の藤井康夫氏へ問い合せ、自分でも行ってみて、実地を調べたり、古い漁村図を見たりしていろいろ考えている。そして最上川河口の右岸の丘である日和山《ひよりやま》公園に登ってみて、そこで詠んだに違いない、という印象を得た。そこで大河最上がいよいよ海に入るところを見たわけで、

ここに至りて最終の最上川わたつみの中にそそぐを見たり

という歌を、芭蕉の句に触発されて作った。この大景への感動を率直に表現している。私も、何度もこの日和山に登ってみたが、日本海の水平線の果てに入る日をとらえるには絶好の場所である。

茂吉はこの句の印象から安種亭が日和山になければならないと思ったのだが、その後の考証で、茂吉説は否定された。だが、安種亭で「涼しさや海に入れたる」の句を詠んだ後、芭蕉は酒田滞在中に日和山へ登って日本海に入る夕陽を見、その印象が心にあって『奥の細道』の決定稿を書いた元禄六年までの間に、「暑き日を」の句が出来たのではないか、というのが私の推測で

ある。その機会は、多分、酒田湊《みなと》に舟を乗り出して、「温海山や吹浦かけて」の句を作った六月十九日ではないかと思う。その舟遊びの後に、日和山に登って赤い夕日を見たのではなかったか。そのことを文献によって証明することはできないし、その日でなくてもいいが、日和山で作ったと推定した茂吉説を私は肯《うべな》いたいと思っている。

象潟

〔原文〕 江山水陸《かうざんすゐりく》の風光《ふうくわう》数を盡《つく》して、今象潟《きさかた》に方寸《はうすん》を責《せむ》。酒田の湊より東北の方、山を越礒《こえいそ》を傳ひ、いさごをふみて、其際《そのきは》十里、日影やゝかたぶく比《ころ》、汐風《しほかぜ》眞砂《まさご》を吹上《ふきあげ》、雨朦朧《もうろう》として鳥海《てうかい》の山かくる。闇中《あんちゆう》に莫作《もさく》して、雨も又奇《き》也とせば、雨後の晴色《せいしよく》又頼母敷《たのもしき》と、蜑《あま》の苫屋《とまや》に膝《ひざ》をいれて雨の晴《はるゝ》を待《まつ》。

其朝《そのあした》、天能霽《てんよくはれ》て、朝日花やかにさし出《いづ》る程に、象潟《きさかた》に舟をうかぶ。先能因嶋《まづのういんじま》に舟をよせて、三年幽居《いうきよ》の跡をとぶらひ、むかふの岸に舟をあがれば、「花の上こぐ」とよまれし桜の老木《おいき》、西行法師の記念《かたみ》をのこす。江上に御陵《みさゝぎ》あり、神功后宮《じんぐうこうぐう》の御墓と云《いふ》。寺を干滿珠寺《かんまんじゆじ》と云《いふ》。此《この》處に行幸《ぎやうかう》ありし事いまだ聞《きか》ず。いかなる事にや。此《この》寺の方丈《はうぢやう》に座して簾《すだれ》を捲《まけ》ば、風景一眼《いちがん》の中《うち》に盡《つき》て、南に鳥海《てうかい》天をさゝえ(へ)、其陰《そのかげ》うつりて江《え》にあり。西はむや〳〵の関路《せきぢ》をかぎり、東に堤を築《きづき》て秋田にかよふ道遙《はるか》に、海《うみ》北にかまえ(へ)て浪打入《うちいる》る所を汐ごしと云《いふ》。江《え》の縦横《じゆうわう》一里ばかり、俤《おもかげ》松嶋にかよひて又異《こと》なり。松嶋は笑ふが如く、象潟はうらむがごとし。寂しさに悲しみをくはえ(へ)て、地勢《ちせい》魂をなやますに似たり。

象潟や雨に西施《せいし》がねぶの花

汐越《しほごし》や鶴はぎぬれて海涼し

祭礼

象潟や料理何くふ神祭　曾良

蜑《あま》の家《や》や戸板を敷《しき》て夕涼《すゞみ》　みの、國の商人低耳

岩上に雎鳩《みさご》の巣をみる

波こえぬ契ありてやみさごの巣　曾良

〔訳〕旅に出てから、諸国の川や山や、水陸の佳景をたくさん賞美してきたが、今私は象潟《きさかた》に心が駆り立てられている。酒田の港から東北の方向へ、山を越え磯を伝い、砂を踏んで、その間十里、日影がやや傾くころ、汐風が砂を吹き上げ、雨に朦朧として鳥海山も隠れてしまった。僧策《さく》彦《げん》が言ったように、「暗中に模索して、雨も亦奇なり」とすれば、雨後の晴れた景色もまた楽し

みなことだと、漁師の粗末な小屋に膝を入れて、雨の晴れるのを待った。
その翌朝、空がよく晴れて、朝日が華やかにさし出るころ、象潟に舟を浮べた。まず能因島《のういんじま》に舟を寄せて、彼が三年間閑《しず》かに住んでいた跡を訪ね、その向う岸に舟をつけて上ると、そこには「花の上漕ぐ」と詠まれた桜の老木があって、西行法師の記念《かたみ》を残している。水辺に御陵があり、神功皇后のお墓という。寺を干満珠寺《かんまんじゅじ》と言っている。ここに行幸されたことはまだ聞いたことがない。どうしたわけでお墓があるのだろう。この寺の方丈に坐って簾《すだれ》を捲《ま》くと、風景が一望のうちに見渡されて、南には鳥海山が天を支えるばかりに聳《そび》え、その影は入江に映っている。西はむやむやの関路のあたりまで見え、東には堤を築いて秋田へ通う道が遥かに、北には海を控えて浪が入江に打入るところを汐越《しおごし》と言う。入江は縦横一里ばかり、その俤《おもかげ》は松島に似て、また違っている。松島は笑っているような風情、象潟は恨むような景色である。寂しさに悲しみを加えて、土地の有様は人の心を悩ますような様子である。

象潟や雨に西施がねぶの花

（象潟の風情は、雨に濡れながら薄紅の合歓《ねむ》の花が咲いて、あたかも越《えつ》の国の美女西施が憂い顔に、眼をなかば閉じたようなさまである。）

汐越や鶴はぎ濡れて海涼し

（汐越の浅瀬に降り立った鶴の脛が、寄せる浪にうち濡れて、涼しい景色である。）

祭礼

象潟や料理何くふ神祭　曾良

（象潟の熊野権現の夏祭に参り合った。ここは蚶貝《きさがい》の産地なのだが、祭には人々は一体何を馳走に食べているのだろう。）

蜑《あま》の家《や》や戸板を敷きて夕涼　美濃の国の商人低耳《ていじ》

（漁師の家では、海辺に戸板を敷いて、簡素な夕涼みをしている。）

岩上に雎鳩《みさご》の巣を見る

波越えぬ契《ちぎり》ありてやみさごの巣　曾良

（みさごの巣が海中の岩の上に見える。みさごは詩経にうたわれた夫婦仲のむつまじい鳥だから、取り交わした固い契があって、そのために、あの古歌に言うように、波が岩の上の巣を越えないのだろうか。その古歌は古今集「君をおきてあだし心をわが持たば末の松山波も越えなむ」。季語は「水鳥の巣」。）

〔鑑賞〕　六月十六日のおひるごろ、芭蕉は雨中を歩いてきて汐越についた。その日は象潟橋まで行って、雨中の暮景を見た。翌朝は、まだ小雨が降っていたが、道々入江のけしきをながめながら、干満珠寺へ行った。ここの方丈に通されて、彼は九十九島《つくもじま》・八十八潟《かた》の景を称された象潟のけしきにながめ入った。

太平洋岸では松島、日本海岸では象潟の景をたずねることが、芭蕉の旅の目的といってよかった。「松島は笑ふがごとく、象潟はうらむがごとし」と「紀行」に書いているが、どうも象潟はかれに女性の面影を連想させたらしい。杭州の西湖の景を、蘇東坡が西施にくらべて詩を作ったことがあり、芭蕉も、ここではそれにならっているのである。

西湖には私も先年遊び、湖上に舟を浮べ、また、靄《もや》にけぶる蘇堤《そてい》を歩いた。水の浅い潟湖《せきこ》で、なるほど女性的な感じといえばいいえる。象潟も、文化年間の地震で地底が盛りあがって水が干上がり、島を残してあとは田圃になってしまったくらいだから、そこにある類似は成立しただろう。西湖の縮尺版を、作者はここに見ていたことになる。

西施は「呉越軍談」の美女である。いくさに負けた越王が、国中第一の美女として呉王に献じた。なにか心に病んで、面をひそめたさまが美しかったので、国中の女たちがあらそってこれにならい「西施の顰《ひそみ》」という故事が生まれた。それを少しばかりひねって、芭蕉は「西施の眠り」とした。半眼の美女の憂い顔に、うらむような象潟の雨中のけしきをたとえたのである。

雨中に葉を閉じた湖畔の合歓の花が、かれの目にはいったらしい。「西施の眠り」を合歓の花にかけた。最初は「象潟の雨や西施が合歓の花」と作った。テニヲハをふたところなおしただけでリズムに曲節が生まれ、句に余情が生じてきた。

象潟の雨景に、葉を閉じて眠った合歓の花を点出し、さらに美女西施の憂悶の姿を二重うつしにする。それはきわめて技巧的な句であり、モザイク的な印象も受ける。深く胸の奥までしみとおるリズムがあるとは言いがたい。

だが、松島で口を閉じなければならなかった芭蕉は、ここでは技巧のかぎりをつくして、この一句をひねりだしたのである。こういった新古今的な艶麗体の句が、「紀行」のうちに一句あるのもおもしろいとしたのである。

「汐越や」は同じく六月十七日の作。曾良の『書留』には「腰長汐」と詞書して、上五「腰たけや」の形で出ている。腰長《こしたけ》は象潟が海に通じているあたりの浅瀬で汐越ともいった。芭蕉の真蹟に「腰長の汐といふ処はいと浅くて、鶴おり立てあさるを」と前書がある。汐越は地名ながら汐が越してくる浅瀬の地形を思わせる。その浅瀬に鶴が下りたって脛のあたりまでぬらしている情景を、涼しいとみた。その彼方に広々とした日本海が見えるのである。

六月十七日は象潟の熊野権現の祭日であった。『随行日記』の十六日の条《くだり》に「佐々木孫左衛門尋テ休。衣類借リテ濡衣干ス。ウドン喰。所ノ祭ニ付而客有ニ因テ、向屋ヲ借リテ宿ス」とあり、十七日の条に「朝飯後、皇宮山蚶満寺《くわうぐうざんかんまん》へ行。道々眺望ス。帰テ所ノ祭渡ル。過テ、熊野権現ノ社へ行、躍等《をどり》ヲ見ル」とある。「象潟や」はこの熊野権現の祭の句で、村人はこの祭の日にいったい何を食うのだろう、といぶかったもの。これではもう一つ奥へ届かない解釈だが、もともと句のモチーフに深みのない句である。

低耳とは『随行日記』の十七日の条に「弥三郎低耳、十六日ニ跡ヨリ追来テ、所々へ随身ス」とある低耳である。また二十五日の条に、酒田を発つ芭蕉を船橋まで送った人々の名前に宮部弥三郎とあるのもこの低耳である。素直なところを賞して芭蕉は『奥の細道』の中に書き加えたのであろう。蜑の茅屋《ぼうおく》には戸板を敷いて磯涼みをやっている、と珍しがった句である。低耳は美濃長良《ながら》の人で貞享五年（一六八八）芭蕉が長良川の鵜飼を見た時からのつき合いであるらしい。其角の『枯尾花』に、

鵜飼見し川辺も氷る泪哉

と芭蕉の追悼句を詠んでいる。たまたま商用のついでに象潟に行った時芭蕉にめぐり会い、『細道』に一句を採用された。一期一会の縁である。

象潟の九十九《つくも》島の中に鶚《みさご》島という名の島があって、岩上にみさごの巣がかかっていた。詩経の

冒頭に「関々たる雎鳩《しょきゅう》は河之州に在り、窈窕《ようちょう》たる淑女は君子の好逑《こうきゅう》」とあるとおり、雌雄の仲が睦じい鳥といわれている。それが高い岩上に巣を作っているのは、波も越えることのできない夫婦の堅い契があってのことだろうか、といったのである。『古今集』の、

君を置きてあだし心をわが持たば末の松山波も越えなむ　（古今集東歌）

という歌を踏まえているのである。季語は「水鳥の巣」で夏。鶚は水鳥ではないが、水辺の鳥なので水鳥に準じた。

象潟はにかほ市象潟町にかつてあった潟湖《せきこ》である。文化元年（一八〇四）の地震で地面がもりあがり、潟の景観はなくなった。昔九十九島といわれた島はほぼ残っていて、昔の潟は水田になっている。五月雨の季節に田に水をはって早苗を植えるころ昔の景観のいくぶんをとり戻す。

世の中はかくてもへけり象潟のあまの苫屋《とまや》を我が宿にして　能因法師（後拾遺集）

さすらふる我が身にしあれば象潟やあまのとまやにあまたたび寝ぬ　藤原顕仲（新古今集）

象潟の桜は波に埋もれて花の上こぐ蜑《あま》の釣舟　宗祇（名所方角抄）

この最後の歌を芭蕉は西行法師の歌と思い込んでいた。

むやむやの関はにかほ市象潟町関にあったという関所で、有耶無耶《うやむや》の関ともいう。今吹浦《ふくら》から象潟へこえる途中、秋田・山形県境の大師崎に関の跡といわれる森がある。今国道はその東側を

通っているので、薄や笹を分けて小道を入ると、森の中に関所の跡が残っている。犬樟《たぶ》の巨木が森をなし、自生の北限をなしている。

もののふの出《い》づさ入るさにしをりするとやとや鳥のうやむやの関　（色葉和歌集）

北陸路

越後——大垣

越後

〔原文〕酒田の余波《なごり》日を重《かさね》て、北陸道《ほくろくだう》の雲に望《のぞみ》、遙々《えう〱》のおもひ胸をいたましめて、加賀の府まで百卅里と聞《きく》。鼠《ねず》の関《せき》をこゆれば、越後《ゑちご》の地に歩行《かち》を改《あらため》て、越中の國一ぶり（市振）の関に到る。此《この》間九日《こゝのか》、暑《しよ》濕《しつ》の労《らう》に神《しん》をなやまし、病おこりて事をしるさず。

文月《ふみつき》や六日《むいか》も常の夜には似ず

荒海や佐渡によこたふ天河《あまのがは》

〔訳〕酒田の人々と名残を惜しんで日を重ねていたが、これから出で立つべき北陸道《ほくろくどう》の空を遠く望み、はるばるの旅の思いに胸を痛めた。加賀の国府金沢までは、百三十里と聞いた。鼠《ねず》の関を越えると、越後の地に足を踏み入れ、越中の国市振《いちぶり》の関に至った。このあいだ九日、暑さと雨との辛労に心を悩まし、病気が起って、出来事を記さなかった。

文月や六日も常の夜には似ず

（七月と言えば、六日もふだんの夜とは違って、はなやいだ気持がする。六日は七夕の前夜である。）

荒海や佐渡によこたふ天の川

（出雲崎から日本海の荒海を望むと、かなたの佐渡が島へかけて、天の川が大きく横たわっている。）

〔鑑賞〕　前句は六日直江津での作。その日は宿は古河屋で、夜に入って人々がききつけ尋ねてきたので、この句を発句にして連句を巻き、『書留』には二十句ほど記している。直江津では七夕の前夜も賑やかな祭をする風習があったという。だがこの句は牽牛織女の二星が一年ぶりに会うという前夜だから、空の様子も常の夜とは変って、なんとなくなまめいた趣に見え、おのずから心がときめいているといったのである。六日の夜、はや星の光も、天の川のたたずまいも、日頃とは違った感じに見えるのだ。

「荒海や」の有名な句はどこで詠まれたのか。いまでも出雲崎と直江津とで争っている。道筋からいえば、その中間の柏崎も、名のりをあげる資格があったはずだが、芭蕉の宿を断わって、不快な目にあわせたばかりに、その資格をうしなった。

越後路だったら、どこだっていいではないかと言いたいが、土地の人たちの気持としては、自分のところへ引きつけたいのだろう。だが、芭蕉が書いた「銀河の序」には、はっきり出雲崎と書いてある。

出雲崎に泊まったのは七月四日。翌日は、柏崎で断わられ鉢崎《はちざき》に泊まった。六日は今町（直江津）の聴信寺《ちょうしんじ》で宿を断わられたので、憤然として行きかけると、石井善次郎という男が芭蕉の名を知っていたのか、再三ひとをやって、もどるように懇願したので、おりふし雨も降ってきたし、これ幸いと立てた腹をおさめて引き返した。

雨のため八日までいたが、不快の気持が消えたわけではない。六日の夜俳席が開かれ、

文月や六日も常の夜には似ず

の句を披露したが、この日「七夕」と題して、「荒海や」の句も発表したらしい。出雲崎で作って直江津で披露したといえば、いちおう理屈に合う。だが私は、出雲崎で想を得、直江津につくまでに形がまとまったのだと考えるのが、いっそう合理的だと思う。

不快な感情の残らなかった出雲崎のことにして、「銀河の序」の文章も書かれたのである。芭蕉は案外きつい感情の持ち主である。もちろんそればかりでなく、出雲崎は佐渡が指呼の間にあ

り、佐渡の金鉱で繁栄した港町であった。半天に横たわる天の川を「佐渡によこたふ」と表現するのに、いちばんかなったところであった。芭蕉が佐渡といったとき、それはただの島ではなく、古来の有名無名の流され人たちのことが頭にあった。その歴史的回想のかなしさが、冒頭に「荒海や」と強く置いた芭蕉の主観の色でもあった。

ついでにいえば、「よこたふ」は他動詞だから、ここでは「よこたはる」としなければ文法上のあやまりだという学者の説を、私は取らない。これは故金田一京助博士の説くように「寄する浪」などという言い方と同様、再帰動詞（形は他動詞で、意味が自動詞的な用法の動詞）と取るべきである。天の川が自分を横たえるという言い方で、意味としては自動詞になるのだ。大詩人の語法は、学者の文法的穿鑿を超越して、日本語の自然法におのずからかなっているのである。

市振

……………………

〔原文〕　今日は親しらず・子しらず・犬もどり・駒返《こまがへ》しなど云北国《いふほくこく》一の難所《なんじよ》を越《こえ》てつかれ侍れば、枕引《ひき》よせて寐《いね》たるに、一間《ひとま》隔《へだて》て面《おもて》の方《かた》に、若き女の聲二人計《ばかり》ときこゆ。年老《おい》たるお《(を)》のこの聲も交《まじり》て物語するをきけば、越後の國新潟《にひがた》と云所《いふ》の遊女成《なり》し。伊勢參宮するとて、此関《この》までお《(を)》のこの送り

……………………

て、あすは古郷《ふるさと》にかへす文《ふみ》したゝめて、はかなき言傳《ことづて》などしやる也。白浪《しらなみ》のよする汀《なぎさ》に身をはふらかし、あまのこの世をあさましう下《くだ》りて、定めなき契《ちぎり》、日々の業因《ごふいん》いかにつたなしと、物云《いふ》をきく〳〵寐入《ねいり》て、あした旅立《たびだつ》に、我々にむかひて、「行衛《ゆくゑ》しらぬ旅路《たびぢ》のうさ、あまり覚束《おぼつか》なう悲しく侍れば、見えがくれにも御跡をしたひ侍《はべら》ん。衣の上の御情《おんなさけ》に、大慈《だいじ》のめぐみをたれて結縁《けちえん》せさせ給へ」と泪《なみだ》を落す。「不便《ふびん》の事には侍れども、我々は所々《ところ〴〵》にてとゞまる方《かた》おほし。只《たゞ》人の行《ゆく》にまかせて行《ゆく》べし。神明《しんめい》の加護《かご》かならず恙《つゝが》なかるべし」と云捨《いひすて》て出《いで》つゝ、哀《あはれ》さしばらくやまざりけらし。

一《ひとつ》家《や》に遊女もねたり萩と月

曾良にかたれば書《かき》とゞめ侍る。

〔訳〕今日は親不知《おやしらず》・子不知・犬戻り・駒返しなどという北国一の難所を越えて疲れたので、枕を引き寄せて早く寝ると、一間隔てて表の部屋に、二人ばかりらしい若い女の声が聞えてくる。年老いた男の声も交って物語するのを聞いていると、二人の女は越後の国新潟というところの遊女であった。伊勢参宮をしようとして、この関まで男が送って来て、明日は男を故郷へかえすので、返す文をしたため、とりとめない伝言などをもしてやるところであった。その遊女たちが、古歌に言うように、白浪の寄せる汀《なぎさ》に身をさすらわせ、海人《あま》の子のように、情《なさけ》なくこの世を落ちぶれて、夜ごと定めない客と契《ちぎり》を結び、日々を重ねて行く前世の業因《ごういん》は、どんなに悪かったのだろう、と話しているのを聞きながら寝入ってしまったが、翌朝出立のとき、われわれに向って、「行方も分らぬ旅路の憂さ、あまり不安で悲しゅうございますので、見えがくれにも御跡を慕って参りたいと存じます。坊さまのお情で、広大な慈悲心をお恵み下さって、どうか私どもにも仏道に入る縁を結ばせて下さいませ」と言って、泪を落した。気の毒とは思ったが、「われわれは所々で滞在することが多い。ただ人の行く方向に向って行きなされ。神様の加護でかならず無事に着けましょうぞ」と言い捨てて立ち出でたが、あわれさの気持がしばらくは止まないのであった。

一《ひとつ》家《や》に遊女も寐たり萩と月

〔同じ宿に思いがけなく遊女も同宿して、一つ屋根のもとに寝ることになった。おりから萩の盛り、月の澄み渡った夜であった。西行と江口の遊女との故事も思い出され、思えばこれも仮の宿りであるこの人生での、あわれ深いめぐりあわせであった。〕

曾良に語ると、書き留めてくれた。

〔鑑賞〕この句の初五を、「ヒトツイエニ」と読む人がある。野中の一軒家（ヒトツヤ）に寝たのでなく、おなじ家（ヒトツイエ）に遊女も寝たという意味だから「ヒトツイエ」でなければいけないという。天明期の加舎《かや》白雄がいいだして、いまでも従う人が多いのである。

　だが、この句を「ヒトツイエ」と読むためには、詩のリズムに対して耳をふさがなければならない。「ヒトツイエ」では、あまりに物をことわっていうような調子がある。「ヒトツイエ」ではさびしさがなくなると露伴はいう。それに「ヒトツヤ」といっても、おなじ家という意味がないわけではない。

　この句は、どうも絵空事であるらしい。七月十二日に市振の宿についたのだが、このとき伊勢参宮に行く新潟の遊女が同宿し、あわれな物語をきいた話が、『奥の細道』にでていて、「紀行」中のいろっぽいヤマバになっている。この句を、「曾良にかたれば書きとどめ侍る」と書いているが、曾良の『随行日記』が発見されてみると、そんな記述はまったくないのだ。だとすれば、これは「紀行」に変化と色彩を添えるために、芭蕉がつくりだした話であり、句なのである。連句なら恋の座にあたる。

「紀行」の前半では、松島や象潟の風景がアクセントをつけていたが、後半になると、市振の恋の句、金沢の哀傷の句など、人事の葛藤が織りこまれているのだ。

　だから、この句の発想は、はじめから物語体なのだ。「ヒトツヤ」は、おなじ家という意味のほかに、孤屋の意味をからませている。おそらく芭蕉は、西行と江口の遊女との故事を、ここでは思い浮べているのである。『撰集抄』に、「世をいとふ人としきけばかりの宿に心とむなと思ふばかりぞ」と歌をよんで西行に宿を貸さなかった江口の遊女の物語がある。それをもとにして、謡曲『江口』では、諸国一見の僧が、芦の茂ったさびれた野中に、江口の君の旧跡を尋ねることになっている。その説話が、この句に二重うつしになっている。謡曲では「月澄み渡る河水に、遊女の歌ふ舟遊び、月に見えたる不思議さよ」と、やはり月夜である。水辺の芦を、萩によみかえたのも、芭蕉の俳諧化だといってもよい。「萩と月」もなかば仮象なのだ。

これもまた「仮の宿」であるこの人生でのはかなしごとだといった観想が、この句にどこかただよっているのである。

有磯海

〔原文〕くろべ四十八が瀬とかや、数しらぬ川をわたりて、那古《なご》と云《いふ》浦に出《いづ》。擔籠《たこ》の藤浪《ふぢなみ》は春ならずとも、初秋の哀《あはれ》とふべきものをと、人に尋《たづぬ》れば、「是《これ》より五里いそ傳《づた》ひして、むかふの山陰《やまかげ》にいり、蜑《あま》の苫《とま》ぶきかすかなれば、蘆《あし》の一夜《ひとよ》の宿かすものあるまじ」といひをど《(お)》されて、かゞの国に入《いる》。

わせの香《か》や分《わけ》入《いる》右は有《あり》磯《そ》海《うみ》

〔訳〕 黒部四十八が瀬とか言うが、その他数知れぬ川を渡って、那古《なご》という浦に出た。近くの担《た》籠《ご》の藤浪は、いま春ではないとしても、初秋の風情も訪《おとな》うべき値打があろうものをと、人に尋ねると、「これより五里磯伝いして、向うの山陰に入り、漁師たちの粗末な小屋が少しあるばかりだから、芦の一節《ひとよ》ではないが、一夜の宿かす者もあるまい」と言いおどかされて、行くのをあきらめ、加賀の国にはいった。

早稲の香や分け入る右は有《あり》磯《そ》海《うみ》

（はや早稲の香が立ちこめる中を、垂れ下った穂を分けるようにして行く、その右手には、古歌に名高い有磯海が望み見られる。）

〔鑑賞〕 芭蕉は七月十三日に市振を立って、越中にはいった。国境にある堺村には「加賀ノ番所有《あり》」と、曾良の『随行日記』にでている。いよいよ待望の加賀にちかづいたというより、一歩踏みこんだという気持があった。越中は、呉《くれ》羽《は》山を境にして呉東と呉西とに分れ、呉東は前田の分家十万石の領地であり、呉西は金沢藩百万石の直轄地である。

この日は滑川《なめりかわ》に泊まり、あくる十四日の快晴を、放生《ほうしよう》津潟《づがた》へやってきた。大伴家持の歌で知られた歌枕で、越《こし》の潟ともいい、それから西が奈呉《なご》の浦だ。芭蕉は氷見《ひみ》まで行って、やはり家持が詠んだ、田子《たご》の藤浪の名所も見たかったのだが、遠いので断念した。そして新湊《しんみなと》から海岸をそれて高岡へきた。

有磯海というのは、もともと普通名詞だ。海が荒く、岩石の多い磯ということ。家持が歌によんでから、固有名詞としての語感をもつようになり、歌枕とされた。伏木《ふしき》港から西、阿尾《あび》城址あたりに至るまでの海岸で、そのなかに、岩崎鼻や義経雨晴岩《あまはらしいわ》や唐島《からしま》などが、荒磯の点景になっている。芭蕉は、見かえり見かえり、有磯海に心を残しながら歩いていった。米どころ越中は、ちょうど早稲の季節であり、そのたれた穂のあいだを、かき分けるようにして進んでいく。日にはえる黄金色の稲穂の波、その右手には、初秋の海がかなたに輝いている。そのようなにおいたつ明るさが、この句から感じられる。

「加賀の国へ入る」として、「紀行」にはこの句がでているところから、これは越中と加賀の国境の倶利伽羅《くりから》峠あたりでよまれたのだろうという説がある。私は数年前、この地方の青年が、峠から右手に夢のように見える湖水——能登の邑知潟《おうちがた》を認めて、芭蕉は例のフィクションで、有磯海にしてしまったのだと主張するのをきいた。最近では井本農一氏がたしか倶利伽羅峠説だ。井泉《せい》水氏は、越中平野へはいってきてから、たえず見ていた海辺風景と、山へはいって加賀へちかづいてきた気持とのモンタージュだという。この前文が、解釈者を倶利伽羅峠にこだわらせるのだ。

だが、ここでは加・越・能を一括して、加賀といったのだ。ことに呉西の地にはいると、文字どおり加賀前田藩の領分になるのである。芭蕉は、大国へはいった挨拶句として、古くからの歌枕をもってきた。実際は富山湾の沿岸で得たイメージであり、それに有磯海へのあこがれの気持が加わっているのである。「紀行」中、有数の秀句である。

那古の浦は今富山県新湊市堀岡町の海岸を那古の海といい、放生津潟を那呉の江という。延喜式には「亘理湊《わたりのみなと》」とあり、もとここは八幡宮領で、例祭に放生会をおこなったので放生津という名が起こった。

東風《あゆのかぜ》いたく吹くらし奈呉の海人の釣する小舟漕ぎかくる見ゆ　大伴家持（万葉集）

坦籠《たご》の藤浪は今の氷見市下田子付近。昔は布勢《ふせ》の湖に臨み、坦籠の浦といって藤の名所であった。今は湖が著しく小さくなって、南北に細長い十二丁潟になったので、坦籠は湖水から非常に遠くなった。今も藤浪神社があって見事な藤の名残りを見せている。布勢の湖や田子の浦は越中守大伴家持の好んで遊覧した地であった。

多祜《たご》の浦の底さへにほふ藤浪をかざしてゆかむ見ぬ人のため　内蔵忌寸《くらのいみき》縄麻呂（万葉集）

有磯海は奈良時代に大伴家持らが歌に詠んだので歌枕となったが、もともと有磯は波の荒い磯ということで、磯とは岩石である。その普通名詞がいつか地名のようになったのである。

かからむとかねて知りせば越の海の有磯の波も見せましものを　大伴家持（万葉集）

金沢

〔原文〕卯の花山・くりからが谷をこえて、金沢は七月中《ふみつきなか》の五日也。爰《こゝ》に大坂《おほざか》よりかよふ商人何處《かしよ》と云《いふ》者有《あり》。それが旅宿をともにす。

一笑と云《いふ》ものは、此《この》道にすけ《（好）》る名のほの〴〵聞えて、世に知人《しるひと》も侍《はべり》しに、去年《こぞ》の冬早世《さうせい》したりとて、其《その》兄追善を催《もよほ》すに、

塚も動け我《わが》泣《なく》聲は秋の風

ある草庵にいざなはれて

秋涼し手毎《てごと》にむけや瓜《うり》茄子《なすび》

途中唫《ぎん》

あか〳〵と日は難面《つれなく》もあきの風

小松と云《いふ》所にて

しほ《（を）》らしき名や小松吹《ふく》萩すゝき

〔訳〕卯の花山・倶利伽羅が谷を越えて、金沢に入ったのは七月十五日である。ちょうどここに大坂から通って来ている商人で、何処《かしょ》という俳号の者があった。その常宿にわれわれも泊った。この地の一笑《いっしょう》という者は、俳諧の道に執心しているという名が、何となく聞えて来て、世に知る人もあったのに、去年の冬に若死したからとて、その兄が追善の句会を開いたので、

塚も動け我が泣く声は秋の風

（塚も鳴動せよ。我が泣く慟哭の声は、蕭殺として吹く秋風のように、激しく沈痛なものである。）

ある僧庵にいざなはれて

秋涼し手毎にむけや瓜茄子

（草庵のもてなしに、残暑もうち忘れ、秋の涼気を満喫している。皆うちくつろいで、手ごとに瓜や茄子をむこうではないか。）

途中唫《ぎん》

あかあかと日は難面《つれなく》も秋の風

（あかあかと入日は無情にそ知らぬ顔で照りつけるが、その一方、爽やかな秋の風が吹き渡ってくる。）

小松といふ所にて
しをらしき名や小松吹く萩すすき
（小松とは可憐な名であることよ。その小松に秋風が吹き、萩やすすきをなびかせている。）

〔鑑賞〕「酒田の余波《なごり》日を重《かさね》て、北陸道《ほくろくどう》の雲に望《のぞみ》、遥々《ようよう》のおもひ胸をいたましめて、加賀の府まで百卅里と聞《きく》」と書いているとおり、松島・象潟を見た後は、一路加賀の府金沢が目標となっていた。『随行日記』十五日の条《くだり》に「未《ひつじ》ノ中刻（午後三時）、金沢ニ着。京ヤ吉兵衛ニ宿カリ、竹雀・一笑へ通ズ。即刻、竹雀・牧童同道シテ来テ談。一笑、去十二月六日死去ノ由」とある。
一笑は小杉氏、茶屋新七と通称する葉茶屋業者であった。十二月六日死去、と曾良が書いているのは十一月六日の誤りで三十六歳であった。三月にみちのくの旅に下った芭蕉は、まだその死の通知を受けていず、金沢の宿へ着いてすぐ一笑へ通じ、ここに初めて一笑の死を知って驚くのである。
金沢には一笑を中心にして、蕉門のグループがまだ見ぬ師の来訪を首を長くして待っていた。あまり芭蕉に心を寄せる者のいないみちのくや越路の長旅の後に、そのような加賀連衆に会うことは、芭蕉にとってもこの旅の楽しみの一つであった。『随行日記』の二十二日の条に「此日、一笑追善会、於（願念《ぐわんねん》）寺興行。各《おのおの》朝飯後ヨリ集。予、病気故、未ノ刻（二時）ヨリ行、暮過、各ニ先達而帰。亭主ノ松《べつしよう》」とある。ノ松とは一笑の兄で、法会の主人役を勤めたのである。一笑の墓が野町《のまち》一丁目願念寺にあることは久しくわからず、戦後、殿田良作氏によってその墓石が発見された。芭蕉はこの句の真蹟の詞書に、「とし比《ごろ》我を待ける人のみまかりけるつかにまうで、」とあるので、芭蕉が、いかに、一笑との対面を心に抱きながら、歳月を経てきたかがわかる。一笑への愛情は数年にわたって持続され、昂《たか》まってきたもので、その金沢に折角たどりついてみれば、もはや一笑は影も形もないのである。

　この句にはその悲しみが激しく表出されている。塚も鳴動してわが慟哭の声に応えよ、といっているのだ。折からの秋風の響きは、さながら、自分の号泣の声とききなされる。「塚も動け」の句の表現は、まだ見ぬ人への哀悼句としては、誇張にすぎるという論もあるが、この句のように、誇張が極度に達すると、それは誇張でなくなるものらしい。十五日に一笑の死を聞いて、二十二日の追善会に出席するまでの間には、十分、想を練《ね》り上げる暇《いとま》があった。心の色として、蕭条たる秋風の声を見出したのがこの句の眼目で、この句のリズムとしては破裂音のK音が目立ち、うちにこもるものが勢いよく外へ発散しようとする緊張感がある。『奥の細道』の流れとしては、市振のくだりで恋に似た哀れを出し、ここでは、人間の死によるのっぴきならぬ別離の悲しみを描き出した。

『随行日記』七月二十日の条に「快晴。庵ニテ一泉《いっせん》饗。俳、一折有テ、夕方、野畑ニ遊。帰テ、夜食出テ散ズ。子ノ刻（午前零時）ニ成」とある。金沢犀川の畔《ほとり》にあった斎藤一泉邸、松玄庵に招かれて作った発句で、この時の半歌仙が残っているが、十二人も集った賑かな会だった。「秋涼し」の初案は、

残暑暫《しばし》手毎にれうれ瓜茄子

であった。秋とはいえ残暑がしばらく続いているが、今日は折角のおもてなしの涼しげな瓜茄子をてんでに料理して、気儘に御馳走になろう、という即興句である。「残暑暫」とか「手毎にれうれ」とか、詩句として熟していないので、推敲したのである。大勢の一座だから「手毎にむけや」が生きてくるのだ。簡素なもてなしを気楽に受けて賞味するところに、涼しさがおのずから流れるのである。

『奥の細道』には、「あかあかと」の句に「途中唫」と前書がつけてあるので、金沢から小松へ行く途中の句だと思われてきた。ところが、この句は古くから金沢の浅野川大橋のほとりで作られた、という言い伝えがあり、だからこの前書は、高岡から金沢へ入る途中吟だ、という解釈もでてきた。だが、芭蕉が金沢へついたのは午後三時ごろで、そうすると、この夕日の句がその途中だというのはおかしいと考える人もあって、越中あたりを歩いているとき想を得たものを、金

沢で発表したのではないかと言いだした。

だが、最近この句が七月十五日、金沢の立意庵《りついあん》で、秋の納涼の句として発表されたものだという文献が発見された。このとき参会したものは、小春《しょうしゅん》・北枝など五人の門弟で、曾良は病気で宿にこもり、句だけをだした。そして立意庵というのは北枝の住居で、尾張町の裏通り、下新町《しもしん》にあったらしい。銘菓長生殿《ちょうせいでん》の森八《もりはち》のちょうど真裏であり、泉鏡花の生家の向かいで、浅野川大橋にほどちかい。大橋のほとりを逍遥して作ったという伝承は、根拠があったことになる。

この句は「紀行」にあとから書き入れたらしく、そのとき、「途中唫」と前書をつけて、体裁をととのえたものらしい。だとすると、この句は前に作っておいたものを、この席で発表したのだという必要もなくなる。また、大橋のたもとで、夕日が赤々と沈むのを見た印象だと解しても、悪くはないわけだ。このときの五人の句は、すべて大橋付近の嘱目吟らしく、入相《いりあい》の鐘のきこえる時分である。

この句には古今集の名歌、「秋きぬと目にはさやかに見えねども風の音にぞ驚かれぬる」の心が流れている。いわば、本歌取の句である。秋になったのをそ知らぬ顔に、赤々と夕日が照りつけるが、さすがにもう秋の風がそよぎわたっているのである。「難面《つれなく》」というむずかしい字は、連歌以来慣用された特殊な文字だ。古くは「強顔」とも書いた。無情、冷淡をかこつ感じがある。

この「あかあか」は「赤々」でなく、古米「明々」という意味で使われた言葉だから、かならずしも夕日でなくてもよい、むしろ昼間がよいという説もある。だが、芭蕉の感覚は驚くほど鋭く、近代的に働くことが多い。だから、この場合も、芭蕉の鮮烈な詩人的感覚を信じたい。

二、三、この句の自画自賛の真蹟もあり、数本の薄を前景として、赤い大きな夕日が描いてある。このような絵は、芭蕉の自句自解だといってもよい。この句に芭蕉は、あざやかな赤のイメージをいだいていた。そうして言外には、秋風の訪れを、萩、すすきなど秋草の葉末のそよぎとして思い描いていた。

七月二十五日、加賀小松の日枝神社神主、藤村伊豆、俳号鼓蟾《こせん》の宅で俳諧の会があり、「しをらしき」の句を発句として世吉《よよし》連句一巻が成った。世吉連句というのは四十四句で完尾する古風な連句の形で、鼓蟾らは連歌畑の人であったから、ここではことさら古式の俳諧を試みたのである。一座は十人、芭蕉・北枝・曾良のほかは鼓蟾の一党であった。

「しをらしき名」とは小松という地名をいったので、昔の小松引きの行事なども連想されて、いかにもしおらしい名だ、といったのである。「小松吹く萩すすき」の「吹」は小松にも萩、すすきにもかかる。小松は地名であると同時に、実際そこに生えている姫小松でもあり、小松を吹く風が同じくしおらしいさまの萩やすすきにも吹き渡るといったのである。多分、亭前に萩やすすきがあったのであろう。主が古風な連歌の人だから、ここでは小松とか萩、すすきとかみやびやかな景物を詠みこんで、時に応じた挨拶句に仕立てたのだ。
卯の花山は礪波《となみ》郡（現・小矢部市）にある山で、源氏山ともいう。倶利伽羅山の続きで礪波山の東に見え、木曾義仲の陣所跡がある。

かくばかり雨の降らくにほととぎす卯の花山になほか鳴くらむ　柿本人麿（玉葉集）

日影さす卯の花山の小忌衣《をみごろも》誰ぬぎかけて神まつるらむ　小侍従（夫木和歌抄）

多太神社

〔原文〕此《この》所太田《ただ》の神社に詣《まうづ》。眞盛《さねもり》が甲《かぶと》・錦の切《きれ》あり。往昔《そのかみ》、源氏に属《ぞく》せし時、義朝《よしとも》公より給はらせ給《たまふ》とかや。げにも平士《ひらさむらひ》のものにあらず。目庇《まびさし》より吹返《ふきかへ》しまで、菊から草のほりもの金《こがね》をちりばめ、龍頭《たつがしら》に鍬形《くはがた》打《うつ》たり。眞盛討死《うちじに》の後、木曾義仲願状《ぐわんじやう》にそへて此社《このやしろ》にこめられ侍《はべる》よし、樋口《ひぐち》の次郎が使《つかひ》せし事共《ども》、まのあたり縁紀《えんぎ》（起）にみえたり。

むざんやな甲の下のきり〲す

〔訳〕この地の多太神社に詣でた。斎藤実盛の甲や錦の切《きれ》が蔵されている。その昔、源氏に属していたとき、義朝公から頂戴したものとか。まことに並の侍のものではない。甲の目庇《まびさし》から吹返しまで、菊・唐草模様の彫《ほりもの》に黄金《こがね》をちりばめ、竜頭《たつがしら》の飾りには鍬形《くわがた》の角が打ってある。実盛が討死の後、木曾義仲が祈願状文に添えてこの社に奉納された次第や、そのとき樋口次郎が使いとしてやって来たことなど、当時のことが目のあたり見るように縁起に書かれている。

むざんやな甲の下のきりぎりす

〔その昔、実盛の首級《しゆきゆう》を見て、樋口次郎が「あなむざんや」と言った、その如くに、まことにいたましいことだ、最後の戦いに、実盛が白髪を染めてかぶった甲のほとりに、きりぎりすが微かな声で鳴いているのは。実盛の亡魂が虫と化して現れたかとも思われて。なお、当時のきりぎりすは、ツヅレサセコオロギである。〕

〔鑑賞〕　芭蕉は、七月二十五日に小松へやってきて、その日多太八幡へ参詣している。二十七日に出立する前、この句を八幡へ奉納の句として書いた。はじめは、

あなむざんや（な）甲の下のきりぎりす

であった。いつ推敲したかわからないが、『猿蓑』には「あな」を削った形ででている。

「あなむざんやな」というのは、謡曲の『実盛』に、実盛の首級を見て、樋口兼光がまず発する

言葉なのである。涙をはらはらと流して「あなむざんやな、斎藤別当にて候ひけるぞや」といった。神社の宝物に、実盛の甲とか、錦の切れとかいって伝えているものがあったのを見て作った。

芭蕉は、黴《かび》くさくて、うす暗い宝物堂のなかに、キリギリスを発見した。当時のキリギリスは、ツヅレサセコオロギのことらしい。まぎれこんできた一匹が、かすかな声で、リーリーと鳴いていた。——いや、ほんとうにいたかどうか、わかったものではない。詩人の想像力は、ないものでも勝手に生みだしてしまう。一匹のキリギリスに、芭蕉は実盛の亡魂を見た。ほどちかい片山津《かたやまづ》には、実盛の首洗《くびあらい》の池も残っているのである。

篠原合戦《しのはらのかっせん》に討たれた実盛は、死んで怨霊神となり、農村ではどうしても慰霊されなければならない神だった。彼は稲につまずいて倒れたために討たれ、その遺恨から稲を食うサネモリという虫になった、といっている地方もある。

虫送りの行事を実盛供養といっている地方は、全国的に多い。芭蕉がやってきた七月は、ちょうど虫送りの季節だったと考える。

この句もまた、実盛の供養の句である。キリギリスは、まさに亡霊の化身といってもよい。この句の発想は、底のほうで農民たちの生活感情につながっている。だからかれは、謡曲の文句をそのまま取り入れたのだ。後になって、それではあまりに表現が露骨なので「あな」を除いた。

だが、『平家物語』以来、この説話のサワリの文句である「むざんや」という言葉だけは、そのまま生かした。それは、この句の動機につながった言葉だからだ。ただの古典の文句取りではない。

こういう句を見ると、芭蕉の句の発想の厚みを、ことによく感じ取ることができる。

那谷寺

〔原文〕山中《やまなか》の温泉《いでゆ》に行《ゆく》ほど、白根《しらね》が嶽《たけ》跡にみなしてあゆむ。左の山際《ぎは》に観音堂あり。花山《くわざん》の法皇《ほふわう》三十三所の順礼とげさせ給ひて後、大慈大悲《だいじだいひ》の像を安置し給ひて、那谷《なた》と名付《づけ》給ふと也。那智《なち》・谷《たに》組《ぐみ》の二字をわかち侍《はべり》しとぞ。奇石《きせき》さま〴〵に、古松植《こしようう》ならべて、萱《かや》ぶきの小堂、岩の上に造りかけて、殊勝《しゆしよう》の土地也。

石山の石より白し秋の風

〔訳〕山中温泉に行く道のほど、白根が岳を後ろにして歩み進めた。左の山際に観音堂がある。花山法皇が西国三十三か所の巡礼を遂げさせられて後、ここに大慈大悲の像を安置され、那谷《なた》寺と名づけられたという。三十三か所の霊場の最初と最後の那智・谷汲《たにぐみ》の二字を分ち取られたのだと伝える。奇石の形がさまざまで、古松が植え並べられ、萱《かや》ぶきの小さな堂が、岩の上に造り懸けてあって、すぐれた、ありがたい土地である。

石山の石より白し秋の風

（この那谷寺の石山は、白く曝《さら》されている。だが、そこへ吹き渡る秋風はいっそう白く、山全体の白さの感じが加重される。）

〔鑑賞〕『随行日記』八月五日の条《くだり》に「朝曇。昼時分、翁・北枝、那谷へ趣《おもむく》。明日、於小松ニ、生駒万子《まんし》為出会《にであふため》也」とある。「紀行」には山中へ行く前に那谷寺へ行ったように書いているが、本当は、山中を発ってここへ来たので、曾良は芭蕉に別れて、一足先に大聖寺《だいしょうじ》に赴いた。

寺には石英《せきえい》粗面岩《そめんがん》質の凝灰岩からなる灰白色の岩山があり、岩窟に観音を祭っている。その白く曝された石よりも吹き過ぎる秋風はさらに白い感じがする、といったのである。四季を色に見立てた時、秋に白色（無色）を配する中国の考え方に基き、秋風を「色無き風」ともいっている。それにこの時、芭蕉が秋風を白いと感じたのは、気持の底に長い道中を連立ってきた曾良と別れたという悲しみがあって、索漠とした思いを深くしていたのであろう。多くの注釈がこの石山を近江の石山ととり、石山寺の石より那谷寺の石がさらに白い、という意味にとっているが、そういう比較は詩としてつまらない。

山中　大聖寺

〔原文〕温泉《いでゆ》に浴す。其功有明《そのこうありあけ》に次《つぐ》と云《いふ》。

山中や菊はたお《(を)》らぬ湯の匂《にほひ》

あるじとする物は、久米之助《くめのすけ》とていまだ小童也。かれが父誹諧《はいかい》を好み、洛《らく》の貞室若輩《ていしつじやくはい》のむかし爰《こゝ》に来《きた》りし比《ころ》、風雅に辱《はづか》しめられて、洛に帰《かへり》て貞徳《ていとく》の門人となつて世にしらる。功名の後《のち》、此一村《このいつそん》判詞《はんじ》の料を請《うけ》ずと云《いふ》。今更むかし語《がたり》とはなりぬ。

曾良は腹を病《やみ》て、伊勢の国長嶋と云《いふ》所にゆかりあれば、先立《さきだち》て行《ゆく》に、

行々《ゆき〳〵》てたふれ伏《ふす》とも萩の原　曾良

と書置《かきおき》たり。行《ゆく》もの、悲しみ、残《のこる》もの、うらみ、隻鳧《せきふ》のわかれて雲にまよふがごとし。予も又

今日よりや書付《かきつけ》消さん笠の露

大聖持《だいしやうじ》の城外、全昌寺《ぜんしやうじ》といふ寺にとまる。猶《なほ》加賀の地也。曾良も前の夜、此寺に泊《とまり》て、

終宵《よもすがら》秋風聞《きく》やうらの山

と残す。一夜《いちや》の隔《へだて》千里に同じ。吾も秋風を聞《き》て衆寮《しゆれう》に臥《ふせ》ば、明《あけ》ぼの丶空近う讀經《どきやう》聲すむま丶に、鐘板《しようばん》鳴《なつ》て食堂《じきだう》に入《いる》。けふは越前《ゑちぜん》の国へと、心早卒《さうそつ》にして堂下に下《くだ》るを、若き僧ども紙硯をかゝえ《(へ)》、階《きざはし》のもとまで追來《おひきた》る。折節庭中《をりふしていちゆう》の柳散れば、

庭掃《はい》て出《いで》ばや寺に散《ちる》柳《やなぎ》

とりあへぬさまして草鞋《わらぢ》ながら書捨《かきす》つ。

〔訳〕山中温泉に浴した。その効能は有馬に次ぐという。

山中や菊はたをらぬ湯の匂《にほひ》

（昔、菊慈童が酈県《れきけん》山中の桃源郷に、大菊から滴り落ちる甘水を汲んで、八百歳の齢を保ったというが、この山中の温泉は、長寿延命の菊を手折るにも及ばぬ、かぐわしい湯の匂いであるよ。）

温泉宿の主というのは、久米之助《くめのすけ》と言って、まだ少年である。彼の父は俳諧を好み、京の貞室が若年の昔ここに来たとき、風雅のことでこの少年の父にはずかしめを受け、京に帰って発奮し、貞徳の門人となってその名を世に知られるに至った。彼は功名を遂げた後、この一村の人たちからは俳諧の判詞の点料を取らなかったという。それも今は昔語りとなった。

曾良は腹を病み、伊勢の国長島というところに縁故があるので、先だって行くことになり、

行々てたふれ伏すとも萩の原　　曾良

（私は病気の身で旅立って行くのだが、歩いた末に生き倒れになるかも知れない。それが折から盛りの萩の原であったら、死んでも本望である。）

と書き残した。行く者の悲しみ、残る者の無念さ、これまで何時も一緒だった二羽の鳧《けり》が別れ別れになって、雲間に迷うようなものである。私もまた、

今日よりや書付消さん笠の露

（旅の門出に、笠の裏に「乾坤無住、同行二人」と書いたのだが、今日からは一人旅だから、その笠に置く露で、その書付を消してしまおう。寂しいことだ。）

大聖寺《だいしょうじ》の城外にある全昌寺という寺に泊った。なお加賀の地である。曾良もまた前夜、この寺に泊って、

終宵《よもすがら》秋風聞くや裏の山

（終夜眠ることができず、寺の裏山に吹く秋風の音を聞いて、夜を明かしたことよ。）

と書き残していた。一夜を隔てただけであるが、千里も隔っているようである。私もまた、秋風を聞いて衆寮《しゆりよう》に臥せると、夜の明方に読経の声が澄んで聞えるうちに、食事の合図の鐘板が鳴り、私も食堂《じきどう》に入った。今日は越前の国へ入ろうと、心せく気持で堂下に降りると、若い僧たちが紙や硯をかかえて、階段のもとまで迫って来た。折から庭の柳が散っていたので、

庭掃いて出でばや寺に散る柳

（庭を掃いて、一夜泊ったこの寺を出で発とう。ちょうど庭の柳も散っている。）

取り急いださまで、草鞋《わらじ》のまま書き捨てた。

〔鑑賞〕　芭蕉は七月二十七日に小松を経って、その夕刻、山中温泉へついた。同行は、曾良のほかに北枝。すぐ和泉屋という旅宿に泊まって、八月五日まで滞在した。当主久米之助は、まだ十四歳の少年であった。その祖父も父も、貞門の俳人として知られていたらしい。久米之助は芭蕉に入門して、桃妖《とうよう》の号をもらった。ここでは芭蕉もひどく歓待されて、ひどく居心地がよかったらしい。長旅も終わりに近づいて、ゆっくり疲れをいやしたことと思われる。

「山中や」の句は、あるじ久米之助に書いて与えた挨拶の句で、それには「温泉の頌」の前文がついている。その結びに、「彼の桃源に舟をうしなひ、慈童が菊の枝折もしらず」とある。山中

を桃源郷にたとえ、また菊慈童が、菊水をくんで八百歳のよわいを保ったという酈《れき》県の山中にたとえているのだ。

はじめ、この句は「菊は手折らじ」たった。句が三段に切れ、ギクシャクした調子になるのをきらって、こう改めたのだ。「菊は手折るにも及ばない、ききめあらたかな湯のにおいだ」という意味である。菊の芳香で、慈童が八百歳も生き延びたというが、この湯の芳香があるかぎり、われわれは菊を手折るにも及ばない、というのだ。山中という地名も、菊慈童の住むような山の中、という意味をきかせてある。

謡曲の『菊慈童』（あるいは『枕慈童』）が、この句の下敷きになっている。久米之助のあるじぶりに対する挨拶の句なのだから、「薬の水」として温泉に対する賛辞になるのだ。山中は、大聖寺川をさかのぼった水上の地である。それに、主人がまだ十四歳の少年であることに、菊慈童の故事をきかせている。芭蕉がつけた桃妖の号も、水上の桃花源のあやしい童子といった気持がこもっているかも知れない。

ともかく、この句は菊の故事で湯をたたえ、主人の長寿延命をことほいだのである。凝った挨拶の句だが、これでいいかどうかとなると、巧みに過ぎていやみである。『奥の細道』の句としては劣等の部に属するであろう。「行々て」は八月五日、曾良が芭蕉に別れて、山中を発った時の留別の句。『猿蓑』に「元禄二年、翁に供せられて、みちのくより三越路《みこしぢ》にかゝり行脚しける

に、かゞの国にていたはり侍りて、いせまで先達《さきだち》けるとて」という詞書をつけて、

いづくにかたふれ伏《ふす》共《とも》萩の原

という形で出ている。「行々て」とは芭蕉が手を加えたのであろう。西行に、

いづくにか眠り〳〵て倒れふさんと思ふ悲しき道芝の露　（山家集）

が本歌《もとうた》である。初案の形は、

跡あらむたふれ臥《ふす》とも花野原　（湖中芭蕉翁略伝所収芭蕉真蹟懐紙）

の形であろう。「行々て」とは、『和漢朗詠集』などに収める「行々重行々　与レ君生別離」の句によっている。初案、再案と比較してみると、「行々て」に、一人先立って行く悲しみが最も出ていよう。曾良は病弱のため、先に旅立って行くのだから、どこかで生き倒れとなる恐れも感じられないではなかった。もし生き倒れになったとしても、今は秋の半ば、萩やすすきの盛りで、伏猪《ふすい》と同じく柔かい萩の原に倒れ伏すまでだ、それも悪くはない、だからどうぞ御懸念なくといったのである。旅立つものの寂しさと不安が沁みでた句というべきであろう。

八月五日、山中温泉の和泉屋を発ったのは、実は、芭蕉・北枝の方が一足先で、「紀行」の文章は若干事実と違っている。多分、その前日、三人で「曾良餞《そらせん》」の歌仙を作っている。発ったのは曾良が後だが、芭蕉らは小松まで逆戻りするのだから、曾良が先立って行った、と書いても満《まん》更嘘《ざら》ではない。曾良の句に対して、芭蕉も詠んだのが「今日よりや」の句であった。江戸を出立

して以来、二人はずっと行動を共にして来たからこの時の別離の思いもひとしお深いものがあった。笠に「乾坤無住、同行二人」と書いてある書付を今日からは消そう、笠の露で、という意味。この書付は一人旅の巡礼でも書いていて、同行二人とは、仏と自分と二人、という意味なのだが、ここではその意味をずらせて、曾良と自分と二人、という意味にとったのである。露で秋季となる。

八月五日、曾良は大聖寺に赴き、町はずれの全昌寺という寺に泊まった。翌朝、曾良が発った後、芭蕉もまた北枝と小松からやって来て、この寺に泊まった。その時曾良がこの全昌寺に書き残して置いた「終宵《よもすがら》」の句を見た。一人でこの寺に泊まってよもすがら眼が冴えていろいろの思いが駈けめぐって眠れなかった。寺の裏山には秋風が一晩吹き続けた、というので、秋の夜の旅情がしみ通った句である。芭蕉もよほど感動したとみえ、「終宵」の句は『猿蓑』に採用している。

八月六日に全昌寺に泊った芭蕉が、朝出立する時、このお寺に書き残した一句が「庭掃いて」の句である。大聖寺は加賀国《かがのくに》の西のはずれで、ここを越えれば越前国へ入る。ここは加賀前田藩ではなく、松平藩七万石の町である。

寺に一宿した時は、翌朝出立する時寺を掃いて仏恩を謝するのが仏家の法であるという。芭蕉は朝の食事を終えてすぐ出立しようとしたのだが、折から庭の柳が散りかかったので、せめて、この庭を掃いて感謝の気持のいく分をあらわして発ちたいものだ、といったもの。「柳散る」は、

「桐一葉」と同じく秋を報《しら》せるものとして、特別に秋の季題にたてられている。

汐越　永平寺

〔原文〕越前の境《さかひ》、吉崎《よしざき》の入江を舟に棹《さをさ》して汐越《しほごし》の松を尋《たづ》ぬ。

　終宵《よもすがら》嵐に波をはこばせて月をたれたる汐越の松　　西行

此《この》一首にて数景盡《つき》たり。もし一辨《いちべん》を加《くはふ》るものは、無用の指を立《たつ》るがごとし。丸岡天龍寺の長老、古き因《ちなみ》あれば尋ぬ。又金沢の北枝《ほくし》といふもの、かりそめに見送りて、此處《この》までしたひ來《きた》る。所々《ところ〴〵》の風景過《すぐ》さず思ひつゞけて、折節《をりふし》あはれなる作意《さくい》など聞ゆ。今既《すでに》別《わかれ》に望みて、

　物書《かい》て扇引《ひき》さく余波《なごり》哉

五十丁山に入《いり》て永平寺《えいへいじ》を礼《らい》す。道元禪師《だうげんぜんじ》の御寺也。邦機《はうき(畿)》千里を避《さけ》て、かゝる山陰《やまかげ》に跡をのこし給ふも、貴きゆへ《(ゑ)》有《あり》とかや。

〔訳〕越前の境、吉崎の入江に舟を棹さして、汐越《しおごし》の松を尋ねた。

終宵《よもすがら》嵐に波をはこばせて月をたれたる汐越の松　　西行

（夜どおしの嵐に、波を寄せさせて、汐をかぶった枝の間から、月の光を輝かせた滴《しずく》がしたたり落ちる汐越の松よ。実は蓮如上人の作。）

この一首でこの地の数々の景色は詠み尽されている。もし一言一句でもつけ加える者は、五本の指にもう一本無用の指を書き加えるようなものである。

丸岡の天竜寺の長老は、古い縁故があるので尋ねた。また、金沢の北枝という者が、ついちょっと見送るつもりだったのが、とうとうここまで慕って来た。彼は、道すがら方々のよい風景を見過さず句を案じつづけて、時おり情趣のある着想の句を見せるのであった。今、いよいよ別れに臨み、

物書いて扇引きさく余波《なごり》かな

（ここまで持って来た夏の扇に、無駄書きなどしては、引き裂いて捨てようとするが、いざとなると名残が惜しまれる。そのように、長いあいだを共にした北枝との別れも、名残惜しいことよ。季語は「捨扇」。）

五十町山に入って、永平寺を礼拝した。道元禅師の開かれた寺である。畿内の地を避けて、こんな山陰に跡を残されたもの、尊い理由があったという（入宋当時の師、如浄禅師が越州の人だったので、越《こし》と聞くだけでも慕わしく、進んで越前に下ったという）。

〔鑑賞〕金沢から連れそってきた北枝と越前松岡で別れる時の句である。『卯辰集』に「松岡にて翁に別侍《わかれはべり》し時、あふぎに書《かい》て給る」と前書して、

もの書て扇子へぎ分《わく》る別《わかれ》哉

続いて脇句「笑ふて霧にきほひ出《いで》ばや　北枝」となく〳〵申《まうし》侍る」とある。「へぎ分る」とは扇の両面に合わせた地紙をへぎわける意味で、離れ難いものを無理にはがそうとする心のうずきがこめられている。だが、それでは別れの辛さの表現が余りにあからさまなので「ひきさく」と改めた。別離の句を何かと扇子に書いてみては、意に充《み》たないで引きさいてしまう、それほど別離の悲しみが深く、それは言葉に尽し難いのだ。「扇の余波《なごり》」「秋扇」「捨扇」など、みな秋の季題である。

汐越の松は、加賀との国境に近い越前国《えちぜんのくに》坂井郡《ごおり》吉崎の北潟《きたがた》の入江の西岸にある浜坂の岬を汐越という。芭蕉がここに挙げている西行の歌は『山家集』その他の歌集にも見あたらないので、蓮如上人の歌ではないかという。吉崎は上人ゆかりの地であるから、土地の人にきいた歌を心にとめたのかもしれない。芭蕉は激賞しているようだが、実景によく合っていることをいったにすぎない。多分、曾良もこの歌を耳にして「終宵秋風聞くや」と詠んだのであろうか。二人とも全昌寺の僧にでもきいたのか。

福井

〔原文〕福井は三里計《ばかり》なれば、夕飯《ゆふめし》したゝめて出《いづ》るに、たそがれの路《みち》たど〳〵し。爰《こゝ》に等栽《とうさい》と云《いふ》古き隠士有《いんじあり》。いづれの年にか江戸に來りて予を尋《たづぬ》。遙《はるか》十《と》とせ餘り也。いかに老《おい》さらぼひて有《ある》にや、将《はた》死《しに》けるにやと人に尋《たづね》侍れば、いまだ存命《ぞんめい》してそこ〳〵と教ゆ《(ふ)》。市中ひそかに引入《ひきいり》て、あやしの小家に夕皃《ゆふがほ》・へちまのはえかゝりて、鷄頭《けいとう》・はゝ木々《きゞ》に戸ぼそをかくす。さては此《この》うちにこそと、門《かど》を扣《たゝけ》ば、侘《わび》しげなる女の出《いで》て、「いづくよりわたり給ふ道心《だうしん》の御坊《ごばう》にや。あるじは此《この》あたり何がしと云《いふ》もの、方《かた》に行《ゆき》ぬ。もし用あらば尋《たづね》給へ」といふ。かれが妻なるべしとしらる。むかし物がたりにこそかゝる風情《ふぜい》は侍れと、やがて尋《たづね》あひて、その家に二夜《ふたよ》とまりて、名月はつるがのみなとにとたび立《だつ》。等栽も共に送らんと、裾《すそ(を)》おかしうからげて、路《みち》の枝折《しをり》とうかれ立《たつ》。

〔訳〕福井は三里ばかりなので、寺で夕飯をしたためてから出たが、たそがれの道のおぼつかなく、なかなかはかどらない。この福井には、等栽《とうさい》という古い隠士がいる。いつの年であったか、江戸に来て私を訪ねた。十年あまりも前のことである。どんなに老い衰えているだろう、あるいは、死んではいないかと人に尋ねると、まだ生きながらえていて、どこそこにいると教えてくれた。市中からひっそりした一劃に引っこんで、粗末な小家に夕顔・糸瓜が生えかかって、鶏頭や帚草《ほうきぐさ》が戸口を隠している。さてはこの家に違いないと、門を叩くと、みすぼらしい女が出て来て、「どちらからお出でなされた行脚のお坊さんでしょうか。主人はこの近くの何がしという者の家に参りました。もし御用ならそちらをお尋ね下さい」と言う。彼の妻であることが分る。昔の物語にこんな風情の場面が出ていたと、興深く思いながら、やがて彼に逢って、その家に二夜泊り、名月は敦賀の港で見ようといって、出立した。等栽も一緒に見送ろうと、裾を面白い恰好《かっこう》にからげて、路案内だと、浮かれ立つ様子である。

敦賀　種の浜

〔原文〕　漸《やう〱》白根《しらね》が嶽《たけ》かくれて、比那《ひな》が嵩《たけ》あらはる。あさむづの橋をわたりて、玉江の蘆は穂に出《いで》にけり。鶯の関を過《すぎ》て湯尾《ゆのを》峠を越《こゆ》れば、燧《ひうち》が城《じやう》、かへるやまに初鴈《はつかり》を聞《き、》て、十四日の夕ぐれつるがの津に宿をもとむ。その夜、月殊晴《ことにはれ》たり。「あすの夜もかくあるべきにや」といへば、「越路《こしぢ》の習ひ、猶明夜《みやうや》の陰晴《いんせい》はかりがたし」と、あるじに酒すゝめられて、けいの明神《みやうじん》に夜参《やさん》す。仲哀天皇の御廟《ごべう》也。社頭神さびて、松の木の間《こま》に月のもり入《いり》たる、おまへの白砂《はくさ》霜を敷《しけ》るがごとし。「往昔《そのかみ》、遊行《ゆぎやう》二世の上人大願發起《しやうにんたいぐわんほつき》の事ありて、みづから草を刈《かり》、土石《どせき》を荷《にな》ひ泥渟《でいてい》をかは《(わ)》かせて、參詣往來《さんけいわうらい》の煩《わづらひ》なし。古例《これい》今にたえず、神前に眞砂《まさご》を荷ひ給ふ。これを遊行の砂持《すなもち》と申《まうし》侍る」と、亭主のかたりける。

月清し遊行のもてる砂の上

十五日、亭主の詞《ことば》にたがはず雨降《ふる》。

名月や北《ほく》國《こく》日和《びより》定《さだめ》なき

十六日、空霽《はれ》たれば、ますほの小貝《こがひ》ひろはんと、種《いろ》の濱《はま》に舟を走《は》す。海上七里あり。天屋何某《てんやなにがし》と云《いふ》もの、破籠《わりご》・小竹筒《さゝえ》などこまやかにしたゝめさせ、僕《しもべ》あまた舟にとりのせて、追風《おひかぜ》時のまに吹着《ふきつき》ぬ。濱はわづかなる海士《あま》の小家《こいへ》にて、侘《わび》しき法花寺《ほつけでら》あり。爰《こゝ》に茶を飲《のみ》酒をあたゝめて、夕ぐれのさびしさ感に堪《たへ》たり。

寂しさや須磨《すま》にかちたる濱の秋

浪の間《ま》や小貝にまじる萩の塵

其《その》日のあらまし、等栽に筆をとらせて寺に殘す。

〔訳〕行くほどに、ようやく白根が岳が隠れて、代って比那《ひな》が岳が現れた。浅水《あさむず》の橋を渡り、玉《たま》江《え》のほとりに来ると、古歌に詠まれた玉江の芦に穂が出ていた。鶯の関を過ぎて湯尾《ゆのお》峠を越えると、燧《ひうち》が城《じょう》・帰山《かえるやま》に初雁を聞き、十四日の夕暮、敦賀《つるが》の津に宿を求めた。その夜、月はことに晴れていた。「明日の夜もこんなだろうか」と言うと、「天候の変りやすい越路の習いで、明晩のお天気は予測できない」と主人は言い、私に酒を勧めるのだった。気比《けい》の明神に夜参した、仲哀《ちゅうあい》天皇の御廟である。社殿のあたりは神々しく、松の木の間から月光が洩れて来て、神前の白砂が霜を敷いたようである。「その昔、遊行二世の他阿《たあ》上人が、大願を思い立たれて、みずから草を刈り、土や石を荷《にな》い、悪竜の住む泥沼を乾したので、参詣のため往き来する人の煩《わずら》いがなくなったのです。その昔の故事が今につづいて、代々の遊行上人が神前で砂をかつがれるのです。これを遊行の砂持《すなもち》と申します」と、亭主は語った。

月清《すが》し遊行のもてる砂の上

（代々の遊行上人が持ち運ばれる神前の白砂の上に、秋の月がすがすがしく照り輝いている。）

十五日の名月の日は、亭主の言葉にたがわず雨が降った。

名月や北《ほく》国《こく》日和定《さだめ》なき

（今宵こそ名月と、楽しみにしていた期待が外され、雨となった。なるほど北国日和は変りやすいことよ。）

十六日、空が晴れたので、真赭《ますお》の小貝を拾おうと、種《いろ》の浜に舟を走らせた。海上七里である。天屋《てんや》某《なにがし》という者が、破籠《わりご》・小竹筒《ささえ》など十分気を配って整えさせ、男どもを多数舟に乗せて、追風を受けわずかの間に浜へ吹き着いた。浜にはわずかの漁師の小家があり、侘しい法華寺があった。ここで茶を飲み、酒を温めて、夕暮方の寂しさは、感に堪えた。

寂しさや須磨にかちたる浜の秋

（古来寂しいと言われている須磨の秋にもまさって、この種《いろ》の浜の寂しさは、ひとしおである。）

浪の間《ま》や小貝にまじる萩の塵《ちり》

（種の浜にうち寄せる波の引いた合間に、打上げられた美しい真赭《ますお》の小貝にまじって、海辺に咲いた萩の花屑が散っている。）

その日のあらましは、等栽に筆を取って書かせ、寺に残した。

〔鑑賞〕　八月十四日、敦賀気比《けい》神宮での作である。『猿蓑』にも収められていて「元禄二年つるがの湊に月を見て、気比の明神に詣《まうで》、遊行上人の古例をきく」との前書がある。初案は

なみだしくや遊行のもてる砂の露

「紀行」の本文にあるように、遊行上人二世の事蹟を記念して、その後代々の遊行上人がここへ来ると、海岸の砂を神前にになない運ぶ行事が行われた。芭蕉がやって来たこの年にもその儀式があって、芭蕉はそのことを宿の亭主にきいた。その夜、気比神宮に詣でて、十四日の月に照らされた神前の砂の清らかさを詠んだのである。「遊行のもてる」とは上人が砂をかついだそのさまを如実に想像したのである。

初案は神域の尊厳や上人の徳を偲《しの》んで、かたじけなさに涙をこぼす、という意味で「涙しくや」といったもの。その涙で砂がぬれることから「砂の露」といったが、涙をいうことはあまりに誇張にすぎた。神社の雰囲気の清浄さだけを言いとれば十分だとして、改めたのである。

山中温泉に滞在中、同行の曾良を先に立たせてからは、芭蕉のひとり旅である。だからその後の行程は、曾良の『随行日記』で正確にたどることはできない。

曾良が敦賀についたのは、八月九日未《ひつじ》の刻（午後一時ごろ）だった。唐人が橋のたもとの大和屋久兵衛という宿へ泊り、隣りの出雲屋弥市郎へ金子《きんす》一両を芭蕉へわたすようにと預け、また天屋《てんや》五郎右衛門方に芭蕉への手紙を預けて、十一日にたっていった。この一両はどうした金なのか、山中から敦賀までのあいだに、曾良がえた金なのか。

芭蕉が敦賀の宿についたのは、十四日の夕暮であった。福井に住んでいる等栽という旧知の俳人が同行した。たぶん出雲屋へ泊まったのであろう。出雲屋はその後没落して、その跡は縁つづきの富士屋がついで、芭蕉の杖など伝わっていたという。

十四日は、待宵で、月はことに晴れていた。十五夜の月見は敦賀でと、芭蕉は心づもりにしていたのである。明晩もお天気だろうかと、あるじにきくと、越路のことだから、明日のことはわからないという答えであった。あるじは玄流という俳人であった。あるじに酒をすすめられ、その夜は気比《けい》の明神に参詣し、句を作った。翌日は、亭主の言葉にたがわず雨が降った。そしてよんだのが「名月や」の句である。雨名月の句である。

しごくあっさりとよんでいるから、句意についてはかくべついうことはない。とくに名句というわけではないが、いやみはない。折りめの正しい句だが、芭蕉でなければというほどの句でもない。せっかくの月見は流れてしまったが、前夜に気比明神で見た月の美しさは、それを補ってあまりあるものだった。

「社頭神さびて、松の木の間に月のもり入りたる、おまへの白砂霜を敷けるがごとし」と書き、「月清し」の句を作っている。

このあたりで芭蕉が作った句は、ほとんど月の句ばかりである。月が見えたら見えたで、なかったらなかったで、月の句を作っている。名月の前後には、やはり月の句をよむことが、その土地の人たちに対する旅人の挨拶だったのである。

「寂しさや」の句は、八月十六日、敦賀に滞在中、敦賀湾の西北岸の種《いろ》の浜に舟で渡り、遊んだ時の句である。天屋某《てんや》とは、敦賀の廻船問屋天屋五郎右衛門、俳号玄流である。彼の舟に乗って海上七里の種の浜に渡り、わびしい法華寺本隆寺に遊んだ。ここには数日前、曾良も泊っていた。ここで茶を飲んだり、酒を温めたりして一日遊んだ。やがて夕暮になって、わずかな海士の小家が点々とある浜の寂しさが、須磨の秋の寂しさにいっそうまさっていることを思って、詠んだ一句である。須磨は勿論『源氏物語』須磨の巻を思い浮べているので、以来須磨の秋のもののあわれは歌人、文人たちに讃《たた》えられてきた。その須磨以上といって、種の浜の秋のわびしさを讃えたのが、本隆寺の住持の接待に対する挨拶となっているのである。

同じ時の作「ますほの小貝」の句は種の浜の特産で、薄紅のさした美しい貝である。それが波間の砂原に散らばっている中に萩の花が散りこぼれ、花の紅と小貝の紅とまごうばかりに散り敷いている、といったもの。「塵」と言い「くず」と言っても、散りこぼれた萩の花であれば可憐な美しさである。萩の花は多分、法華寺の庭に咲きこぼれていたのである。「紀行」には「其日《その》のあらまし等栽に筆をとらせて寺に残す」とあるが、本隆寺に伝わっている懐紙には次のように書いてある。

気比《けひ》の海のけしきにめで、いろの浜の色に移りて、ますほの小貝とよみ侍《はべり》しは、西上人《さいしやうにん》の形見成けらし。されば、所の小はらはまで、その名を伝えて、汐のまをあさり、風雅の人の心をなぐさむ。下官《やつがれ》、年比《ごろ》思ひ渡りしに、此たび武江芭蕉桃青巡国の序《ついで》、このはまにまうで侍る。同じ舟にさそはれて、小貝を拾ひ、袂につゝみ、盃にうち入《いれ》なんどして、彼上人のむかしをもてはやす事になむ。越前ふくゐ洞哉書。小萩ちれますほの小貝小盃、桃青、元禄二仲秋

西行の歌というのは『山家集』に、

　　内に貝合せせんとせさせ給ひけるに人にかはりて

汐染むるますほの小貝ひろふとて色の浜とはいふにやあるらむ

とある。なお等栽が書いた「小萩ちれ」の句は、「浪の間や」の句の初案であった。

浅水《あさむず》の橋は、越前国足羽《あすわ》郡麻生津《あそうづ》村の浅水《あさみず》川にかかっていた橋。『枕草子』に「橋はあさむづの橋」と書いてある。「あさんづ」と読み、「あそうづ」ともいう。

　朝津の橋の　とどろとどろと
　　降りし雨の　古りにし我を
　誰ぞこの仲人たてて
　　御許《みもと》の容姿消息《かたちせうそこ》し
　訪《とぶら》ひ来るや　さきむだちや　（催馬楽）

玉江の芦は足羽郡麻生津の江川というが、外にも説がある。

玉江漕ぐ芦刈小舟さしわけて誰《たれ》を誰とか我はさだめむ　　読人知らず（後撰集）

帰山《かえるやま》は南条郡今庄《いまじょう》町付近。鹿蒜郷《かえるむら》から杉津《すぎつ》浦に至る山路で、古《いにしえ》の北陸道《ほくろくどう》にあたる。越路から都へ帰る時越える印象の深い山だったらしい。

我をのみ思ひつるがの越《こし》ならばかへるの山は惑はざらまし　読人知らず（後撰集）

かへる山いつはた秋と思ひこし雲井の雁も今やあひ見む　藤原家隆（続後拾遺集）

敦賀の津は記紀には「角鹿《つぬが》」として出ている。『古事記』応神天皇の歌に、

この蟹やいづくの蟹

ももづたふ角鹿の蟹云々

とある。かへる山で引用した歌にも「我をのみ思ひつるがの越ならば」とある。

「ますほの小貝」の「ますほ」は「まそほ」の転化で、赤土。塗料に用いるので赤みがかったものの名に「ますほの小貝」あるいは「ますほのすすき」などといっている。

大垣

〔原文〕露通《ろつう》も此《この》みなとまで出《いで》むかひて、みのゝ国へと伴《ともな》ふ。駒《こま》にたすけられて大垣の庄に入《いれ》ば、曾良も伊勢より來り合《あひ》、越人《ゑつじん》も馬をとばせて、如行《じょかう》が家に入集《いりあつま》る。前川子《ぜんせんし》・荊口《けいこう》父子、其外《そのほか》したし

き人々日夜《にちや》とぶらひて、蘇生《そせい》のものにあふがごとく、且《かつ》悦び且《かつ》いたはる。旅の物うさもいまだやまざるに、長月《ながつき》六日になれば、伊勢の迁宮《せんぐう(を)》おがまんと、又舟にのりて、

蛤《はまぐり》のふたみにわかれ行《ゆく》秋ぞ

〔訳〕 路通《ろつう》もこの港まで出迎えて、美濃の国へと伴った。駒に助けられて、大垣の庄に入れば、一足先に帰った曾良も伊勢から来合せ、越人《えつじん》も馬を飛ばせて、如行《じょこう》の家にみな集まった。前川《ぜんせん》子《し》・荊口《けいこう》父子、その他親しい人たちが日夜訪ねて来て、生きかえった者に逢うかのように、悦んだり、いたわったりしてくれた。旅のもの憂さもまだ抜けないうちに、九月六日になれば、伊勢の遷宮を拝もうと思い立ち、また舟に乗って、

蛤のふたみにわかれ行《ゆく》秋ぞ

（蛤のフタとミではないが、送る人と行く人とふたみに分れて、私は伊勢の二見を見に行くのだ。折から秋も行こうとしている。）

〔鑑賞〕 いよいよ〝奥の細道〟の旅も、最後である。大垣には古くからの門弟たちが、多勢あったし、何度か訪れた土地でもあった。大垣へきて、やっとこの長途の旅も、終着駅についたとい

う感じで、ほっと一息ついたのだ。もちろん芭蕉の生涯が旅なのだし、ここを立って、さらに伊勢の御遷宮を見に行こうと計画しているのだから、旅が終わったというわけではない。だが、『細道』の紀行文は、ここらで打ち止めにするのが適当だと思ったのだ。

敦賀をいつ発って、どういうコースをたどって、何日に大垣についたのか、いっさいわからない。大垣には、前川・荊口その他大垣藩士のなかに門弟が多かった。わらじを脱いだのは、元藩士で剃髪していた如行の家だ。古くからの友人で『野ざらし紀行』のとき、桑名をへて名古屋まで、二人づれの風狂の旅をやった、船問屋の谷木因《もくいん》も会った。芭蕉の来着をきき伝えて、越人・路通などもやってきたし、九月三日には、伊勢の長島から曾良もやってきた。急に芭蕉の身辺は、にぎやかになった。

何日か大垣に滞在してのち、九月六日に芭蕉は伊勢へ出立した。十日の御遷宮に間に合おうというのだ。水門川の船着場のほとりの、木因の家でごちそうになり、木因の世話で、午前八時ごろ舟に乗った。この川の舟運の便は、三、四十年前までは盛んだったといわれ、これは揖斐《いび》川へ通じていて、川口の桑名へ出るのである。同行は曾良・路通。越人は船着場で別れ、荊口ほか一人は三里ほど送った。この句は、このときの留別の句である。

桑名や二見ケ浦の縁で蛤を出し、「蛤の二見」と枕詞のように使った。「たまくしげ二見」と古歌にある用法の俳諧化である。「二見」はまた「蛤の蓋・身」にかけている。「二見にわかれ」

は、行く者と帰る者と二手に別れるという意味をこめ、季節はちょうど「行く秋」に当っているのだ。

古い技巧の縁故や懸詞を使っていて、新鮮な感銘のある句ではないが、時にのぞんでの即興の吟としては、人々にある感銘を与えたであろう。一大決心で遂行した大旅行を終わった者から見れば、今度はほんの小旅行であり、行く者にも送る者にも、悲壮な感情はまったくない。その気持が、おのずから句の調子の軽やかさとなって現われているのである。

本書は一九八九年二月、講談社より刊行された、『奥の細道』の山本健吉著作を再編した、『奥の細道 現代語訳・鑑賞』(二〇一〇年一月飯塚書店刊)の「「軽み」の論」の項を外したものです。「あとがき」(山本安見子著)も二〇一〇年当時のものです。

あとがき

――「高館」のころ

奥の細道ブームは途切れることなく続き、芭蕉の足跡を辿るツアーも多い。時間プラスアルファがあれば私も全行程を旅してみたいと思っている。

父は幾度か講演やその他で芭蕉の足跡を訪ねて奥の細道を旅している。旅の土産は判で押したように〝こけし〟と決っていた。私がまだ小学校低学年の時、こけしを集めていて、こけしに大喜びしたので父の頭の中では土産はこけしと固まってしまったのだ。子供の好みは年齢と共に変化するとは思わなかったらしい。故に私の中では〝芭蕉〟即ち〝こけし〟となってしまった。

唯一、父と共に奥の細道の旅をしたのは、福島の文字摺石と医王寺であった。

昭和四十八年の四月から交通公社の『旅』という雑誌の企画で、画家の堀文子先生と共に毎月花を求めての旅であった。この時は、磐梯の桶沼のシャクナゲであった。文字摺石や医王寺はおまけとして寄ったのである。

七月十日で、東北はまだ梅雨の中にあった。

文字摺石には私は何んの興も涌かなかった。瑠璃光山医王寺は佐藤庄司の菩提寺とやらで、義経主従の縁の品々が陳列してあった。

住職の奥さんらしき人が手馴れた様子で案内してくれる。あまりの流暢な説明にぼんやりとして、何か聞こうと振り返った時には奥さんの姿は何処へともなく消えていた。折から行なわれていた国政選挙にあやかり、その奥さんに「全国区」というニックネームを即座につけたのは堀先生であった。あまりにピッタリなので皆で吹き出した。

医王寺を出たあと奥飯坂に一泊し磐梯吾妻スカイラインを通り浄土平の先の桶沼へと行った。

時折、小雨が降ったりやんだり、霧が深く我々が歩をすゝめる木道さえも霧に隠れがち。その中で咲くニッコウキスゲは幽玄とでも申したらよいのか、「浄土」の名に相応しい雰囲気を醸しだしていた。足音さえも霧に吸い込まれて、一度だけ擦れ違った四人程の乙女達が「こんにちわー」と声を掛けてくれなかったらこの世にいる事を忘れそうであった。

桶沼は丘のような頂にあり、樹木で囲まれ確かに桶のような形。その中に純白、あるいは紅をにじませた大輪のシャクナゲが雨に濡れていた。

「秘色煙雨」と父が思わず呟いた。

翌日の五色沼散策は、「旅」の編集長F氏を先頭に縦一列に歩いていたのだが、父の紀行文に挿絵を担当していた堀先生が、「これで白い馬でも現れたら、まったく東山魁夷の世界ね」と言った。

このような有様だから、私の奥の細道は芭蕉からはかけ離れている。

昭和三十年十月、父は『芭蕉』（新潮社一時間文庫）執筆の為、東北を旅している。一週間以上だったので心配した母が付き添っている。

その折、平泉の毛越寺や高館を訪れたのが旅の圧巻だったらしく、母から、弁慶の墓がまるで漬物石のように小さく、豪傑であるが故に、尚一層よかった、という話と共に幾度も聞かされ羨ましく思った。

わけても、樹木が色づき初めた高館から衣川を眼下に見て感動し『時のうつるまで泪を落し侍りぬ』であったとか。

私は父母の旅行より二年遅れて中学の修学旅行で平泉を訪れた。時は七月、毛越寺は茫々としていて夏草の中。『兵ものどもの夢のあと』と思えた。今はどうなっているのか、整備されつくしているのだろうか。

再び父と共に今度は高館にも行きたいと夢見ていたが……。

「おくの細道」の現代語訳・鑑賞は昭和五十年の世界文化社『グラフィック版奥の細道』の為に書かれたのだが『高館』だけは昭和十八年に書かれたものである。

「批評」という同人誌に『高館―奥の細道叙説』として掲載された。

父に芭蕉の評伝を書くように勧めてくれたのは同じく同人であった中村光夫であったと聞いたことがある。おそらくその手初めとして『高館』は書かれたのであろう。

年譜を繰ると、十八年改造社退社、伊集院清三（吉田健一の従弟）の紹介で国際文化振興会にしばらく勤務とある。在籍した月日は詳らかでないが、戦時下で国際文化はどのような仕事があったのか。世情も己も鬱々とした中で黙々と自分の書きたい文学のことのみ父は考えていたのであろう。というと、ちょっと恰好よすぎるか。戦局は悪化の一途を辿っていた。それ以外、どうしようもなかったのだと思う。

父が改造社を退社する前年、十七年五月に戦意高揚、国策宣伝のため、文学者による日本文学報国会が結成された。

このような情況下で父が編集を任されていた俳句総合雑誌『俳句研究』は現代俳句を毒するものだ、と謂わんばかりの批判を受け、父は弁解に走り廻ったが、議論が噛み合わなかったようだ。

時期を同じくして、父の下で働いていた編集者の一人が（実はこの男と二人だけでやっていたのだとか）応召され、その後釜として石田波郷に来てもらう話が決まりそうになった時、外部から圧力がかゝり、すったもんだの末、白紙撤回された。

結局、父はごたごたから逃げ出す形で放り出し、一時、現代俳句の世界に決別した。

十八年の「批評」十一月号に「石田波郷君の応召を送る文」が掲載されている。最後に、〝古の隠者文学者・清遊文学者の一本の筆、一片の紙に托した不敵な覚悟が、我々にも要請される時代が来た。それを思うと私は不思議な歓喜踴躍を覚えるのである。石田君はこの歓喜踴躍を知る少数の一人であった。だが君は新たな歓喜踴躍の心を以って出立ったのである。さらば、君によって何時の日か大雅作《おこ》る時が来るであろう。君が大東亜の戦野に、そんなこと打ち忘れて銃取っている間、私は再び俳句について語るまい。君よこの心を知るや否や。〟と記している。

石田波郷が創刊し主宰をしている俳誌「鶴」に健吉の妻秀野は参加していた。これには、大いに父の勧めがあったと想像している。

月一回の句会のある日は秀野を主婦業からも母親であることからも解放して父が留守番と子守りをしていたとか。時には赤子を背負って夫婦で句会に出席したこともあった。

〝石田波郷という一俳人がいなかったら、私は現代俳句に就《つい》てさほど興味をそそられることなく終ったかも知れぬ。それほど波郷という存在は現代俳人の中でも際立った魅力を漾《ただよ》わせているのだ。〟

とまで言い切っている。

芭蕉の〝おくの細道〟の紀行の中で、平泉高館のくだりは全体を通してのクライマックスである。父もまた、三十六歳という若さであっただけではなく、いゝ知れぬ大きな運命によって、我々の生活は、そして日本はどうなるのだろうという漠然とした不安に駆り立てられるような緊張感と焦燥感の中で「高館」を執筆したのである。

平成二十二年新春

山本安見子

山本健吉（1907年〜1988年）

明治40年、長崎県生まれ。父は明治期の評論家・小説家である石橋忍月。

折口信夫に師事し、民俗学の方法を学ぶ。昭和9年創刊の「俳句研究」編集長として中村草田男ら人間探求派を世に送り出す。昭和24年より評論家として、文芸評論のほか、俳句の評論や鑑賞を執筆。

近代文学批評に『私小説作家論』『小説の再発見』、俳句批評に『現代俳句』、古典再発見の仕事として『柿本人麻呂』『詩の自覚の歴史』など。

昭和58年、文化勲章受章。昭和63年、5月7日没。

奥の細道　現代語訳・鑑賞（軽装版）

2018年11月20日　第1刷発行
2024年 3月20日　第3刷発行

著　者　山本健吉
発行者　飯塚行男
発行所　株式会社飯塚書店
〒112-0002 東京都文京区小石川5-16-4
TEL03-3815-3805　FAX03-3815-3810
印刷・製本　シナノパブリッシングプレス

　ISBN978-4-7522-2080-0　Printed in Japan